# コーヒーと短編

庄野雄治 編

# はじめに

二冊のアンソロジーを編纂《へんさん》した。小説集と随筆集。どちらもいい本になったと思う。だけど、ひとつ気になるところがあった。強弱とリズム。もちろんどちらの本もそれらを意識して作ったのだけれど、ジャンルを固定したことでほんの少し単調になったような気がしている。次はジャンルをまたいだ短編集を作りたい、そう思った。

本にはいろいろな読み方がある。小説を読んだ後には、詩が読みたくなる。随筆や童話や評論、全く異なる何冊もの本を並行して読むこともある。短編小説を中心に、随筆や詩や童話などが並んでいたら、それはとても素敵じゃないか。一編一編は短いけれど、強弱とリズムのある自由な一冊。そして、それがコーヒーに合わないわけがない。コーヒーも本も、決まりはなく自由に楽しむものだ。

太宰治の「桜桃」を、子供ができてから読み直してみて、以前とは全然違う印象を持った。昔はつまらないと思った、その言葉の全てが心に染み渡った。以来、あまり響かなかった作品を意識して読み直すようになったのだが、前は全く理解も共感もできなかったものほど、不思議と面白いなあと思うことが多い。カフカの「変身」なんて、好みのど真ん中すぎて、どうして昔読んだときは全然ピンとこなかったのかと、首を傾《かし》げたくらいだった。

有名だけれど意外と読まれていないものがあるし、読んだけれど心が動かなかったものもある。たとえば、国語の教科書に載っていた小説や随筆や詩や童話。教科書に載っているからどうせ面白くないだろうと、端《はな》から決めていたふしが私にはあった。だけど、今回選んだ作品の多くが教科書に載ったことがあると知り、自分の思い込みが可笑《おか》しかった。いい作品は教科書に載るし、きっと今も載っているはずなのだ。

これは有名だからとか、みんな知っているからやめておこうとか、そういうことは一切なし。今の自分が読んで、面白いと思った作品を純粋に選ぶことにした。「今さら梶井基次郎の檸檬《れもん》ですか」そんな声が聞こえそう。もし私がこの本の編者でなくて、本屋で手にして収録作を見たとしたら、きっとそう言うだろう。

でもね、案外どんな作品なのかを知っている人は少ないんじゃないのかしら。何十年かぶりに再読して、そう思った。そして、今こそ読むべきだと強く思った。ずっと昔から読まれていて、百年後にも読まれているであろう作品たち。それがジャンルを問わずに載っている短編集って、ありそうで案外ないものだ。

表面上は差別や暴力が少なくなったとされている、平らな世界で生きていると、それらが当たり前のように存在していたことを忘れてしまう。それが悪いこととは思わないが、本質的なところでは差別や暴力は拡大していて、ただ巧妙に可視化されない社会になっている気がする。だからこそ、剝《む》き出しの人に惹《ひ》かれるし、そういう人が書いた生々しい文章を読みたい。

酷《ひど》い人、出鱈目《でたらめ》な人の話が多い。多いけれど読みながら、うんうんと頷《うなず》いている自分がいる。清廉《せいれん》なだけでは人ではない。だけど、清廉であろうとするのが人なんだ。そんなことを思いながら、一編一編を読む。

そして、本シリーズのカバーモデルをつとめてくれた、シンガーソングライター・安藤裕子さんの作品を、締めくくりに選んだ。言葉の選び方や構成はもちろん、何より強弱とリズムが素晴らしい。これからきっと、音楽だけでなくたくさんの著作を発表していく方だと思う。本書に、安藤裕子さんの書き下ろし短編小説を掲載できたことを光栄に思う。

私はずっと、同じことしか言っていない。新しいも古いもない。いいか悪いか、それだけだ。そして、いいものを次へ渡していくのが大人の役目。受けたバトンを次の人に渡す。それが人の使命だ。私はこれからも、それをやっていきたい。そして、私がいいと思うものが全てではないし、違うと思う人がいて当然だ。否定でも肯定でもない、たくさんの人のいいものが至るところで渡される世界になるといいなと思う。あなたに、先人たちのバトンが届きますように。

庄野雄治

# 目次

はじめに　2
桜桃　太宰治　9
越年　岡本かの子　21
西東　坂口安吾　45
死神の名づけ親　グリム童話　金田鬼一・訳　51
団栗　寺田寅彦　61
蜜柑　芥川龍之介　71
水仙　林芙美子　79

夕焼け　吉野弘　105
耳かき抄　木山捷平　111
プールのある家　山本周五郎　135
一ぷく三杯　夢野久作　173
笑われた子　横光利一　181
檸檬　梶井基次郎　191
メロン　林芙美子　203
赤い蝋燭と人魚　小川未明　205
一房の葡萄　有島武郎　221
小さな王国　谷崎潤一郎　235
謀られた猿　安藤裕子　285

# 桜桃《おうとう》

太宰治

われ、山にむかいて、目を挙《あ》ぐ。

――詩篇、第百二十一。

子供より親が大事、と思いたい。子供のために、などと古風な道学者みたいなことを殊勝《しゅしょう》らしく考えてみても、何、子供よりも、その親のほうが弱いのだ。少なくとも、私の家庭においては、そうである。まさか、自分が老人になってから、子供に助けられ、世話になろうなどという図々しい虫のよい下心は、まったく持ち合わせてはいないけれども、この親は、その家庭において、常に子供たちのご機嫌ばかり伺っている。子供、といっても、私のところの子供たちは、皆まだひどく幼い。長女は七歳、長男は四歳、次女は一歳である。それでも、既にそれぞれ、両親を圧倒し掛けている。父と母は、さながら子供たちの下男下女の趣《おもむき》を呈《てい》しているのである。

夏、家族全部三畳間に集まり、大にぎやか、大混乱の夕食をしたため、父はタオルでやたらに顔の汗を拭き、

「めし食って大汗かくもげびたこと、と柳多留《やなぎだる》にあったけれども、どうも、こんなに子供たちがうるさくては、いかにお上品なお父さんといえども、汗が流れる」

と、ひとりぶつぶつ不平を言い出す。

母は、一歳の次女におっぱいを含ませながら、そうして、お父さんと長女と長男のお給仕《きゅうじ》をするやら、子供たちのこぼしたものを拭くやら、拾うやら、鼻をかんでやるやら、八面六臂《はちめんろっぴ》のすさまじい働きをして、

「お父さんは、お鼻に一ばん汗をおかきになるようね。いつも、せわしくお鼻を拭いていらっしゃる」

父は苦笑して、

「それじゃ、お前はどこだ。内股かね？」

「お上品なお父さんですこと」

「いや、何もお前、医学的な話じゃないか。上品も下品もない」

「私はね、」

と母は少しまじめな顔になり、

「この、お乳とお乳のあいだに、……涙の谷、……」

涙の谷。

父は黙して、食事をつづけた。

私は家庭にあっては、いつも冗談を言っている。それこそ「心には悩みわずらう」ことの多いゆえに、「おもてには快楽《けらく》」をよそわざるを得ない、とでも言おうか。いや、家庭にある時ばかりでなく、私は人に接する時でも、心がどんなにつらくても、からだがどんなに苦しくても、ほとんど必死で、楽しい雰囲気を創ることに努力する。そうして、客とわかれた後、私は疲労によろめき、お金のこと、道徳のこと、自殺のことを考える。いや、それは人に接する場合だけではない。小説を書く時も、それと同じである。私は、悲しい時に、かえって軽い楽しい物語の創造に努力する。自分では、もっとも、おいしい奉仕のつもりでいるのだが、人はそれに気づかず、太宰《だざい》という作家も、このごろは軽薄である、面白さだけで読者を釣る、すこぶる安易、と私をさげすむ。

人間が、人間に奉仕するというのは、悪いことであろうか。もったいぶって、なかなか笑わぬというのは、善《よ》いことであろうか。

つまり、私は糞《くそ》真面目で興覚《きょうざ》めな、気まずいことに堪《た》え切れないのだ。私は、私の家庭においても、絶えず冗談を言い、薄氷を踏む思いで冗談を言い、一部の読者、批評家の想像を裏切り、私の部屋の畳は新しく、机上は整頓《せいとん》せられ、夫婦はいたわり、尊敬し合い、夫は妻を打《ぶ》ったことなどないのは無論、出て行け、出て行きます、などの乱暴な口争いしたことさえ一度もなかったし、父も母も負けずに子供を可愛がり、子供たちも父母に陽気によくなつく。

　しかし、それは外見。母が胸をあけると、涙の谷、父の寝汗も、いよいよひどく、夫婦は互いに相手の苦痛を知っているのだが、それに、さわらないように努めて、父が冗談を言えば、母も笑う。

　しかし、その時、涙の谷、と母に言われて父は黙し、何か冗談を言って切りかえそうと思っても、とっさにうまい言葉が浮かばず、黙しつづけると、いよいよ気まずさが積もり、さすがの「通人《つうじん》」の父も、とうとう、まじめな顔になってしまって、

「誰か、人を雇いなさい。どうしたって、そうしなければ、いけない」

と、母の機嫌を損じないように、おっかなびっくり、ひとりごとのように呟《つぶや》く。

子供が三人。父は家事には全然、無能である。蒲団《ふとん》さえ自分で上げない。そうして、

ただもう馬鹿げた冗談ばかり言っている。配給だの、登録だの、そんなことは何も知らない。全然、宿屋住まいでもしているような形。来客。饗応《きょうおう》。仕事部屋にお弁当を持って出かけて、それっきり一週間もご帰宅にならないこともある。仕事、仕事、といつも騒いでいるけれども、一日に二、三枚くらいしかお出来にならないようである。あとは、酒。飲みすぎると、げっそり痩《や》せてしまって寝込む。そのうえ、あちこちに若い女の友達などもある様子だ。

子供、……七歳の長女も、ことしの春に生れた次女も、少し風邪をひき易《やす》いけれども、まずまあ人並。しかし、四歳の長男は、痩せこけていて、まだ立てない。言葉は、アアとかダアとか言うきりで一語も話せず、また人の言葉を聞きわけることも出来ない。這《は》って歩いていて、ウンコもオシッコも教えない。それでいて、ごはんは実にたくさん食べる。けれども、いつも痩せて小さく、髪の毛も薄く、少しも成長しない。

父も母も、この長男について、深く話し合うことを避ける。白痴《はくち》、唖《おし》、……それを一言でも口に出して言って、二人で肯定し合うのは、あまりに悲惨だからである。母は時々、この子を固く抱きしめる。父はしばしば発作的に、この子を抱いて川に飛び込み死んでしまいたく思う。

「唖の次男を斬《き》り殺す。×日正午すぎ×区×町×番地×商、何某（五三）さんは自宅六畳間で次男何某（一八）君の頭を薪割《まき》りで一撃して殺害、自分はハサミで喉《のど》を突いたが死に切れず付近の医院に収容したが危篤《きとく》、同家では最近二女某（二二）さんに養子を迎えたが、次男が唖の上に少し頭が悪いので娘可愛さから思い余ったもの」

こんな新聞の記事もまた、私にヤケ酒を飲ませるのである。

ああ、ただ単に、発育がおくれているというだけのことであってくれたら！　この長男が、いまに急に成長し、父母の心配を憤《いきどお》り嘲笑《ちょうしょう》するようになってくれたら！　夫婦は親戚にも友人にも誰にも告げず、ひそかに心でそれを念じながら、表面は何も気にしていないみたいに、長男をからかって笑っている。

母も精一ぱいの努力で生きているのだろうが、父もまた、一生懸命であった。もともと、あまりたくさん書ける小説家ではないのである。極端な小心者なのである。それが公衆の面前に引き出され、へどもどしながら書いているのである。書くのがつらくて、ヤケ酒に救いを求める。ヤケ酒というのは、自分の思っていることを主張できない、もどっかしさ、いまいましさで飲む酒のことである。いつでも、自分の思っていることをハッキリ主張できるひとは、ヤケ酒なんか飲まない（女に酒飲みの少ないのは、この理由からである)。

私は議論をして、勝ったためしがない。必ず負けるのである。相手の確信の強さ、自己肯定のすさまじさに圧倒せられるのである。そうして私は沈黙する。しかし、だんだん考えてみると、相手の身勝手に気がつき、ただこっちばかりが悪いのではないのが確信せられて来るのだが、いちど言い負けたくせに、またしつこく戦闘開始するのも陰惨《いんさん》だし、それに私には言い争いは殴り合いと同じくらいにいつまでも不快な憎しみとして残るので、怒りにふるえながらも笑い、沈黙し、それから、いろいろさまざま考え、ついヤケ酒ということになるのである。

はっきり言おう。くどくどと、あちこち持ってまわった書き方をしたが、実はこの小説、夫婦喧嘩《げんか》の小説なのである。

「涙の谷」

それが導火線であった。この夫婦は既に述べたとおり、手荒なことはもちろん、口汚く罵《のの》り合ったことさえないすこぶるおとなしい一組ではあるが、しかし、それだけまた一触即発の危険におののいているところもあった。両方が無言で、相手の悪さの証拠固めをしているような危険、一枚の札をちらと見ては伏せ、また一枚ちらと見ては伏せ、いつか、出し抜けに、さあ出来ましたと札をそろえて眼前にひろげられるような危険、それが夫婦を互いに遠慮深くさせていたと言って言えないところがないでもなかった。妻のほうはとにかく、夫のほうは、たたけばたたくほど、いくらでもホコリの出そうな男なのである。

「涙の谷」

そう言われて、夫は、ひがんだ。しかし、言い争いは好まない。沈黙した。お前はおれに、いくぶんあてつける気持ちで、そう言ったのだろうが、しかし、泣いているのはお前だけでない。おれだって、お前に負けず、子供のことは考えている。自分の家庭は大事だと思っている。子供が夜中に、へんな咳《せき》一つしても、きっと眼がさめて、たまらない気持ちになる。もう少し、ましな家に引っ越して、お前や子供たちをよろこばせてあげたくてならぬが、しかし、おれには、どうしてもそこまで手が廻《まわ》らないのだ。これでもう、精一ぱいなのだ。おれだって、凶暴な魔物ではない。妻子を見殺しにして平然、というような「度胸」を持ってはいないのだ。配給や登録のことだって、知らないのではない、知るひまがないのだ。……父は、そう心の中で呟き、しかし、それを言い出す自信もなく、また、言い出して母から何か切りかえされたら、ぐ

うの音《ね》も出ないような気もして、

「誰か、ひとを雇いなさい」

と、ひとりごとみたいに、わずかに主張してみた次第なのだ。

母も、いったい、無口なほうである。しかし、言うことに、いつも、つめたい自信を持っていた（この母に限らず、どこの女も、たいていそんなものであるが）。

「でも、なかなか、来てくれるひともありませんから」

「捜《さが》せば、きっと見つかりますよ。来てくれるひとがないんじゃない、いてくれるひとがないんじゃないかな？」

「私が、ひとを使うのが下手だとおっしゃるのですか？」

「そんな、……」

父はまた黙した。じつは、そう思っていたのだ。しかし、黙した。

ああ、誰かひとり、雇ってくれたらいい。母が末の子を背負って、用足しに外に出かけると、父はあとの二人の子の世話を見なければならぬ。そうして、来客が毎日、きまって十人くらいずつある。

「仕事部屋のほうへ、出かけたいんだけど」

「これからですか？」

「そう。どうしても、今夜のうちに書き上げなければならない仕事があるんだ」

それは嘘でなかった。しかし、家の中の憂鬱《ゆううつ》から、のがれたい気もあったのである。

「今夜は、私、妹のところへ行ってきたいと思っているのですけど」

それも、私は知っていた。妹は重態《じゅうたい》なのだ。しかし、女房が見舞いに行けば、私は子供のお守《も》りをしていなければならぬ。

「だから、ひとを雇って、……」

言いかけて、私は、よした。女房の身内のひとのことに少しでも、ふれると、ひどく二人の気持ちがややこしくなる。

生きるということは、たいへんなことだ。あちこちから鎖がからまっていて、少しでも動くと、血が噴き出す。

私は黙って立って、六畳間の机の引き出しから稿料のはいっている封筒を取り出し、袂《たもと》につっ込んで、それから原稿用紙と辞典を黒い風呂敷に包み、物体でないみたいに、ふわりと外に出る。

もう、仕事どころではない。自殺のことばかり考えている。そうして、酒を飲む場所へまっすぐに行く。

「いらっしゃい」

「飲もう。きょうはまた、ばかに綺麗《きれい》な縞《しま》を、……」

「わるくないでしょう？　あなたの好く縞だと思っていたの」

「きょうは、夫婦喧嘩でね、陰《いん》にこもってやりきれねえんだ。飲もう。今夜は泊まるぜ。だんぜん泊まる」

子供より親が大事、と思いたい。子供よりも、その親のほうが弱いのだ。

桜桃が出た。

私の家では、子供たちに、ぜいたくなものを食べさせない。子供たちは、桜桃など、見たこともないかもしれない。食べさせたら、よろこぶだろう。父が持って帰ったら、よろこぶだろう。蔓《つる》を糸でつないで、首にかけると、桜桃は、珊瑚《さんご》の首飾りのように見えるだろう。

しかし、父は、大皿に盛られた桜桃を、極《きわ》めてまずそうに食べては種を吐き、食べては種を吐き、食べては種を吐き、そうして心の中で虚勢みたいに呟く言葉は、子供よりも親が大事。

# 越年《えつねん》

岡本かの子

年末のボーナスを受け取って加奈江が社から帰ろうとしたときであった。気分の弾《はず》んだ男の社員達がいつもより騒々しくビルディングの四階にある社から駆け降りて行った後、加奈江は同僚の女事務員二人と服を着かえて廊下に出た。すると廊下に男の社員が一人だけ残ってぶらぶらしているのがこの際妙に不審に思えた。しかも加奈江が二、三歩階段に近づいたとき、その社員は加奈江の前に駆けて来て、いきなり彼女の左の頬《ほお》に平手打ちを食らわした。

あっ！　加奈江は仰《の》け反《ぞ》ったまま右へよろめいた。同僚の明子も磯子もあまり咄嗟《とっさ》の出来事に眼をむいて、その光景をまざまざ見詰めているに過ぎなかった。瞬間、男は外套《がいとう》の裾《すそ》を女達の前に翻《ひるがえ》して階段を駆け降りて行った。

「堂島さん、ちょっと待ちなさい」

明子はその男の名を思い出して上から叫んだ。男の女に対する乱暴にもほどがあるという憤《いきどお》りと、こんな事件を何とかしなければならないというあせった気持ちから、明子と磯子はちらっと加奈江の方の様子を不安そうに窺《うかが》って加奈江が倒れもせずに打たれた頬をおさえて固くなっているのを見届けてから、急いで堂島の後を追って階段を駆け降りた。

しかし堂島は既に遥《はる》か下の一階の手すりのところを滑るように降りて行くのを見ては彼女らは追いつけそうもないので「無茶だ、無茶だ」と興奮して罵《ののし》りながら、加奈江のところへ戻って来た。

「行ってしまったんですか。いいわ、明日来たら課長さんにも立ち会って貰《もら》って、……それこそ許しはしないから」

加奈江は心もち赤く腫《は》れ上がった左の頬を涙で光らしながら恨《うら》めしそうに唇《くちびる》をぴくぴく痙攣《けいれん》させて呟《つぶや》いた。

「それがいい、あんた何も堂島さんにこんな目にあうわけないでしょう」

磯子が、そう訊《き》いたとき、磯子自身ですら悪いことを訊いたものだと思うほど加奈江も明子も不快なお互いを探《さぐ》り合うような顔付きで眼を光らした。間もなく加奈江は磯子を睨《にら》んで
「無論ありませんわ。ただ先週、課長さんが男の社員とあまり要《い》らぬ口を利《き》くなっておっしゃったでしょう。だからあの人の言葉に返事しなかっただけよ」と言った。

「あら、そう。なら、うんとやっつけてやりなさいよ。私も応援に立つわ」

磯子は自分のまずい言い方を今後の態度で補うとでもいうように力んでみせた。

「課長がいま社に残っているといいんだがなあ、昼過ぎに帰っちまったわねえ」

明子は現在加奈江の腫れた左の頬を一目、課長に見せておきたかった。

「じゃ、明日のことにして、今日は帰りましょう。私少し廻《まわ》り道だけれど加奈江さんの方の電車で一緒に行きますわ」

明子がそういってくれるので、加奈江は青山に家のある明子に麻布の方へ廻って貰った。しかし撲《なぐ》られた左半面は一時痺《しび》れたようになっていたが、電車に乗ると偏頭痛にかわり、その方の眼から頻《しき》りに涙がこぼれるので加奈江は顔も上げられず、明子とも口が利けなかった。

翌朝、加奈江が朝飯を食べていると明子が立ち寄ってくれた。加奈江の顔をちょっと調べてから
「まあよかったわね、傷にもならなくて」と慰《なぐさ》めた。だが、加奈江には不満だった。
「でもね、昨夜は口惜《くや》しいのと頭痛でよく眠られなかったのよ」

二人は電車に乗った。加奈江は今日、課長室で堂島を向こうに廻して言い争う自分を想像すると、いつしか身体が顫《ふる》えそうになるのでそれをまぎらすために窓外に顔を向けてばかりいた。

磯子も社で加奈江の来るのを待ち受けていた。彼女は自分達の職場である整理室から男の社員達のいる大事務所の方へ堂島の出勤を度々見に行ってくれた。

「もう十時にもなるのに堂島は現れないのよ」

磯子は焦《じ》れったそうに口を尖《とが》らして加奈江に言った。明子は、それを聞くと
「いま課長、来ているから、ともかく、話しておいたらどう。どこかへ出かけちまったら困るからね」

と注意した。加奈江は出来るだけ気を落ちつけて二人の報告や注意を参考にして進退を考えていたが、思い切って課長室へ入って行った。そこで意外なことを課長から聞かされた。それは堂島が昨夜のうちに速達で退社届を送って寄こしたということであった。卓上にまだあるその届け書も見せてくれた。

「そんな男とは思わなかったがなあ。実に卑劣《ひれつ》極まるねえ。社の方もボーナスを貰ってやめたのだしねえ。それに住所目下移転中と書いてあるだろう。何から何までずら

かろうという態度だねえ。君も撲られっ放しでは気が済まないだろうから、一つ懲《こ》らしめのために訴えてやるか。誰かに聞けばすぐ移転先は分かるだろう」

課長も驚いて膝《ひざ》を乗り出した。そしてもう既に地腫《じば》れも引いて白磁色に艶々《つやつや》した加奈江の左の頬をじっとみて
「痕《あと》は残っておらんけれど」と言った。

加奈江は「一応考えてみましてから」と一旦、整理室へ引き退《さ》がった。待ち受けていた明子と磯子に堂島の社を辞《や》めたことを話すと
「いまいましいねえ、どうしましょう」

磯子は床を蹴《け》って男のように拳《こぶし》で傍の卓の上を叩《たた》いた。

「ふーん、計画的だったんだね。何か私たちや社に対して変な恨みでも持っていて、それをあんたに向かって晴らしたのかもしれませんねえ」

明子も顰《しか》めた顔を加奈江の方に突き出して意見を述べた。

二人の憤慨とは反対に加奈江はへたへたと自分の椅子に腰かけて息をついた。今となっては容易《たやす》く仕返しの出来難い口惜しさが、固い鉄の棒のようになって胸に突っ張った苦しさだった。

加奈江は昼飯の時間が来ても、明子に注いで貰ったお茶を飲んだだけで、持参した弁当も食べなかった。

「どうするつもり」と明子が心配して訊《たず》ねると

「堂島のいた机の辺りの人に様子を訊いて来る」と言って加奈江はしおしおと立って行った。

拓殖《たくしょく》会社の大事務室には卓が一見縦横乱雑に並び、帳面立ての上にまで帰航した各船舶から寄せられた多数の複雑な報告書が堆《うずたか》く載っている。四隅に置いたストーヴの暖かさで三十数名の男の社員達は一様《いちよう》に上衣を脱いで、シャツの袖口《そでぐち》をまくり上げ、年内の書類及び帳簿調べに忙しかった。加奈江はその卓の間をすり抜けて堂島が嘗《か》つて向かっていた卓の前へ行った。その卓の右隣りが山岸という堂島とよく連れ立って帰って行く青年だった。

加奈江は早速、彼に訊いてみた。

「堂島さんが社を辞めたってね」

「ああそうか、道理で今日来なかったんだな。前々から辞める辞めると言ってたよ。

どこか品川の方にいい電気会社の口があるってね」

　すると他の社員が聞きつけて口をはさんだ。

「ええ、本当かい。うまいことをしたなあ。あいつは頭がよくって、何でもはっきり割り切ろうとしていたからなあ」

「そうだ、ここのように純粋の軍需品会社でもなく、平和になればまた早速に不況になる惧《おそ》れのあるような会社は見込みがないって言ってたよ」

　山岸は辺りへ聞こえよがしに言った。彼も不満を持ってるらしかった。

「あの人は今度、どこへ引っ越したの」

　加奈江はそれとなく堂島の住所を訊き出しにかかった。だが山岸はちょっと解《げ》せないという顔付きをして加奈江の顔を眺めたが、すぐにやにや笑い出して
「おや、堂島の住所が知りたいのかい。こりゃ一杯、おごりものだぞ」

「いいえ、そんなことじゃないのよ。あんたあの人と親友じゃないの」

　加奈江は二人の間柄をまず知りたかった。

「親友じゃないが、銀座へ一緒に飲みに行ってね、夜遅くまで騒いで歩いたことは以前あったよ」

「それなら新しい移転先知ってるでしょう」

「移転先って。いよいよあやしいな、一体どうしたって言うんだい」

加奈江は昨日の被害を打ち明けなくては、自分の意図が素直に分かって貰えないのを知った。

「山岸さんは堂島さんがこの社を辞めた後もあの人と親しくするつもり。それを聞いた上でないと言えないのよ」

「いやに念を押すね。ただ飲んで廻ったというだけの間柄さ。社を辞めたら一緒に出かけることも出来ないじゃないか。もっとも銀座で逢《あ》えば、口ぐらいは利くだろうがね」

「それじゃ話すけれど、実は昨日私たちの帰りに堂島が廊下に待ち受けていて私の顔を撲ったのよ。私、眼が眩《くら》むほど撲られたんです」

加奈江はもう堂島さんと言わなかった。そして自分の右手で顔を撲る身振りをしながら眼をつむったが、開いたときは両眼に涙を浮かべていた。

「へえー、あいつがかい」

山岸もその周りの社員たちも椅子から立ち上がって加奈江を取り巻いた。加奈江は更に、撲られる理由が単に口を利かなかったということだけだと説明したとき、不断《ふだん》おとなしい彼女を信じて社員たちはいきり出した。

「この社をやめて他の会社の社員になりながら、行きがけの駄賃《だちん》に女を撲って行くなんてわが社の威信を踏み付けにしたやり方だねえ。山岸君の前だけれど、このままじゃ済まされないなあ」

これは社員一同の声であった。山岸はあわてて
「冗談言うな。俺だって承知しないよ。あいつはよく銀座へ出るから見つけたら俺が代わって撲り倒してやる」

と拳をみんなの眼の前で振ってみせた。しかし社員たちはそれを遮《さえぎ》った。

「そんなことはまだるいや。堂島の家へ押しかけてやろうじゃないか」

「だから私、あの人の移転先が知りたいのよ。課長さんが見せてくれた退社届に目下移転中としてあるからね」

と加奈江は山岸に相談しかけた。

「そうか。品川の方の社へ変わると同時に、あの方面へ引っ越すとは言ってたんだがね、場所は何も知らないんだよ。だが大丈夫、十時過ぎになればどこの酒場でもカフ

エでもお客を追い出すだろう、その時分に銀座の……そうだ西側の裏通りを二、三日探して歩けばきっとあいつは掴《つか》まえられるよ」

山岸の保証するような口振りに加奈江は
「そうお、では私、ちょいちょい銀座へ行ってみますわ。あんた告げ口なんかしては駄目よ」

「おい、そんなに僕を侮辱《ぶじょく》しないでくれよ。君がその気なら憚《はばか》りながら一臂《いっぴ》の力を貸す決心でいるんだからね」

山岸の提言に他の社員たちも、佐藤加奈江を仇討《あだう》ちに出る壮美な女剣客のようにはやし立てた。

「うん俺達も、銀ブラするときは気を付けよう。佐藤さんしっかりやれえ」


師走《しわす》の風が銀座通りを行き交う人々の足もとから路面の薄埃《うすぼこり》を吹き上げて来て、思わず、あっ！　と眼や鼻をおおわせる夜であった。

加奈江は首にまいたスカーフを外套の中から掴み出して、絶えず眼鼻を塞《ふさ》いで埃を防いだが、その隙に堂島とすれ違ってしまえば、それっきりだという惧《おそ》れですぐにスカーフをはずして前後左右を急いで観察する。今夜も明子に来て貰って銀座を新橋の方から表通りを歩いて裏通りへと廻って行った。

「十日も通うと少し飽き飽きして来るのねえ」

加奈江がつくづく感じたことを溜《た》め息と一緒に打ち明けたので、明子も自分からは差し控えていたことを話した。

「私このごろ眼がまわるのよ。始終雑沓《しじゅうざっとう》する人の顔を一々《いちいち》覗《のぞ》いて歩くでしょう。しまいには頭がぼーっとしてしまって、家へ帰って寝るとき天井が傾いて見えたりして吐き気がするときもある」

「済みませんわね」

「いえ、そのうちに慣れると思ってる」

加奈江はまたしばらく黙ってすれ違う人を注意して歩いていたが、

「私、撲られた当座、随分口惜しかったけれど、今では段々薄れて来て、毎夜のように無駄に身体を疲らして銀座を歩くことなんか何だか莫迦《ばか》らしくなって来たの。殊《こと》に事変下でね……。それで往《い》く人をして往かしめよって気持ちで、すれ違う人を見ないようにするのよ。するとその人が堂島じゃなかったかという気がかりになって振り返らないではいられないのよ。何という因業《いんごう》なことでしょう」

「あら、あんたがそんなジレンマに陥《おちい》っては駄目ね」

「でも頬一つ叩いたぐらい大したことでないかもしれないし、こんなことの復讐《ふくしゅう》なんか女にふさわしくないような気がして」

「まあ、それあんたの本心」

「いいえ、そうも考えたり、いろいろよ。社ではまだかまだかと訊くしね」

「それじゃ私が一番お莫迦さんになるわけじゃないの」

明子は顔をくしゃくしゃにして加奈江に言いかけたが、堂島に似た青年が一人明子の傍をすれ違ったのであわててその方に顔を振り向けると、青年は立ち止まって
「何ていう顔をするんですか」と冷笑したので明子はすっかり赤く照れて顔を伏せてしまった。青年はうるさくついて来た。加奈江と明子はもう堂島探しどころではなかった。二人はずんずん南へ歩いて銀座七丁目の横丁まで来た。その時駐車場の後端の方にあった一台のタクシーが動き出した。その中の乗客の横顔が二人の眼をひかないではいなかった。どうも堂島らしかった。二人は泳ぐように手を前へ出してその車の

後を追ったが、バックグラスに透けて見えたのは僅《わず》かに乗客のソフト帽だけだった。

それから二人は再び堂島探しに望みをつないで暮れの銀座の夜を縫《ぬ》って歩いた。事変下の緊縮した歳暮はそれだけになるべく無駄を省いて、より効果的にしようとする人々の切羽《せっぱ》詰まったような気分が街に籠《こも》って、銀ブラする人も、裏街を飲んで歩く青年たちにも、こつんとした感じが加わった。それらの人を分けて堂島を探す加奈江と明子は反発のようなものを心身に受けて余計に疲れを感じた。

「歳《とし》の瀬の忙しいとき夜ぐらいは家にいて手伝ってくれてもいいのに」

加奈江の母親も明子の母親も愚痴《ぐち》を滾《こぼ》した。

加奈江も明子も、まだあの事件を母親に打ちあけてないことを今更、気づいた。しかしその復讐のために堂島を探して銀座に出るなどと話したら、直《ただ》ちに足止めを食うに決まっている――加奈江も明子も口に出さなかった。その代わり「年内と言っても後四日、その間だけ我慢して家にいましょう」二人は致し方のないことだと諦《あきら》めて新年を迎える家の準備にいそしんだ。来《きた》るべき新年は堂島を見つけて出来るだけの仕返しをしてやる――そういう覚悟が別に加わって近ごろになく気持ちが張り続けていた。

いよいよ正月になって加奈江は明子の来訪を待っていた。三日の晩になっても明子は来なかった。加奈江は自分の事件だから本当は自分の方から誘いに出向くべきであったと始めて気づいて独《ひと》りで苦笑した。今まで加奈江は明子と一緒に銀座の人ごみの中で堂島を掴まえるのには和服では足手まといだというので、いつも出勤時の灰色の洋服の上に紺の外套をお揃いで着て出たものだったが、流石《さすが》に新年でもあり、まだ二、三回しか訪れたことのない明子の家へ行くのだから、加奈江は入念にお化粧して、女学校卒業以来二年間、あまり手も通さなかった裾模様の着物を着て金模様のある帯を胸高に締めた。着なれない和服の盛装《せいそう》と、一旦途切れて気がゆるんだ後の冒険の期待とに妙に興奮して息苦しかった。羅紗地《らしゃじ》のコートを着ると麻布の家を出た。外は一月にしては珍しくほの暖かい晩であった。

青山の明子の家に着くと、明子も急いで和服の盛装に着替えて銀座行きのバスに乗った。

「わたし、正月早々からあんたを急《せ》き立てるのはどうかと思って差し控えてたのよ。それに松の内は銀座は早仕舞《はやじま》いで、酒飲みなんかあまり出掛けないと思ったもんだから」

明子は言い訳をした。

「わたしもそうよ。正月早々からあんたをこんなことに引っ張り出すなんか、いけないと思ってたの。でもね、正月だし、たまにはそんな気持ちばかりでなく銀座を散歩したいと思って、それで裾模様で来たわけさ。今日はゆったりした気持ちで歩いて、スエヒロかオリンピックで厚いビフテキでも食べない」

加奈江は家を出たときとは幾分心構えが変わっていた。

「まあまあそれもいいねえ。裾模様にビフテキは少しあわないけれど」

「ほほほほ」

二人は晴やかに笑った。

銀座通りは既に店を閉めているところもあった。人通りも割合に少なくて歩きよかった。それに夜店が出ていないので、向こう側の行人まで見通せた。加奈江たちはまず尾張町から歩き出したが、瞬《また》く間に銀座七丁目の橋のところまで来てしまった。拍子抜けのした気持ちだった。

「どうしましょう。向こう側へ渡って京橋の方へ行ってオリンピックへ入りましょうか、それともこの西側の裏通りを、別に堂島なんか探すわけじゃないけれど、さっさと歩いてスエヒロの方へ行きますか」

加奈江は明子と相談した。

「そうね、何だか癖がついて西側の裏通りを歩いた方が、自然のような気がするんじゃない」

明子が言い終わらぬうちに、二人はもう西側に折れて進んでいた。

「そら、あそこよ。暮れに堂島らしい男がタクシーに乗ったところは」

明子が思い出して指さした。二人は今までの澄ました顔をたちまちに厳しくした。

それから縦の裏通りを尾張町の方に向かって引き返し始めたが、いつの間にか二人の眼は油断なく左右に注がれ、足の踏まえ方にも力が入っていた。

資生堂の横丁と交叉する辻角に来たとき五人の酔った一群が肩を一列に組んで近くのカフェから出て来た。そしてぐるりと半回転するようにして加奈江たちの前をゆれて肩をこすり合いながら歩いて行く。

「ちょいと! 堂島じゃない、あの右から二番目」

明子がかすれた声で加奈江の腕をつかんで注意したとき、加奈江は既に獲物に迫る意気込みで、明子をそのまま引きずって、男たちの後を追いかけた。──どうにかこの一列の肩がほぐれて、堂島一人になればよいが――と加奈江はあせりにあせった。それに堂島が自分達を見つけて知っているかどうかも知りたかった。そう思って堂島の後ろ姿を見ると特に目立って額を俯向《うつむ》けているのも怪しかった。二人は半丁《はんちょう》もじりじりして後をつけた。そのとき不意に堂島は後ろを振り返った。

「堂島さん！　ちょっと話があります。待って下さい」

加奈江はすかさず堂島の外套の背を握りしめて後へ引いた。明子もその上から更に外套を握って足を踏ん張った。堂島はあわてて顔を元に戻したが、女二人の渾身《こんしん》の力で喰い止められてそれのまま遁《のが》れることは出来なかった。五人の一列は堂島を底にしてV字型に折れた。

「よー、こりゃ素敵、堂島君は大変な女殺しだね」

同僚らしいあとの四人は肩組みも解《ほど》いてしまって、呆《あき》れて物珍らしい顔つきで加奈江たちを取り巻いた。

「いや、何でもないよ。ちょっと失敬する」

そういって堂島は加奈江たちに外套の背を掴まれたまま、連れを離れて西の横丁へ曲がって行った。小さな印刷所らしい構えの横の、人通りのないところまで来ると堂島は立ち止まった。離して逃げられでもしたらと用心してしっかり握りしめてついて来た加奈江は、必死に手に力をこめるほど往時《むかし》の恨みが衝《つ》き上げて来て、今はすさまじい気持ちになっていた。

「なぜ、私を撲ったんですか。ちょっと口を利かなかったぐらいで撲る法がありますか。それも社を辞める時をよって撲るなんて卑怯《ひきょう》じゃありませんか」

加奈江は涙が流れて堂島の顔も見えないほどだった。張りつめていた復讐心が既に融《と》け始めて、あれ以来の自分の惨《みじ》めな毎日が涙の中に浮かび上がった。

「本当よ、私たちそんな無法な目にあって、そのまま泣き寝入りなんか出来ないわ。課長も訴えてやれって言ってた。山岸さんなんかも許さないって言ってた。さあ、どうするんです」

堂島は不思議と神妙に立っているきりだった。明子は加奈江の肩を頻りに押して、叩き返せと急きたてた。しかし女学校在学中でも友達と口争いはしたけれども、手を出すようなことの一度だってなかった加奈江には、いよいよとなって勢いよく手を上げて男の顔を撲るなぞということはなかなか出来ない仕業《しわざ》だった。

「あんまりじゃありませんか、あんまりじゃありませんか」

そういう鬱憤《うっぷん》の言葉を繰り返し繰り返し言い募《つの》ることによって、加奈江は激情を弾ませて行って
「あなたが撲ったから、私も撲り返してあげる。そうしなければ私、気が済まないのよ」

加奈江は、やっと男の頬を叩いた。その叩いたことで男の顔がどんなにゆがんだか鼻血が出はしなかったかと早や心配になり出す彼女だった。叩いた自分の掌《てのひら》に男の脂《あぶら》汗《あせ》が淡くくっついたのを敏感に感じながら、加奈江は一歩後退《しさ》った。

「もっと、うんと撲りなさいよ。利息ってものがあるわけよ」

明子が傍から加奈江をけしかけたけれど、加奈江は二度と叩く勇気がなかった。

「おいおい、こんな隅っこへ連れ込んでるのか」

さっきの四人連れが後から様子を覗きにやって来た。加奈江は独りでさっさと数寄《すき》屋橋《やばし》の方へ駆けるように離れて行った。明子が後から追いついて
「もっとやっつけてやればよかったのに」

と、自分の毎日共に苦労した分までも撲って貰いたかった不満を交ぜて残念がった。

「でも、私、お釣銭は取らないつもりよ。後くされが残るといけないから。あれで私

気が晴々した。今こそあなたの協力に本当に感謝しますわ」

改まった口調で加奈江が頭を下げてみせたので明子も段々気がほぐれて行って「お目出《めで》とう」と言った。その言葉で加奈江は

「そうだった、ビフテキを食べるんだったっけね。祝盃《しゅくはい》を挙げましょうよ。今日は私のおごりよ」

二人はスエヒロに向かった。

六日から社が始まった。明子から磯子へ、磯子から男の社員達に、加奈江の復讐成就が言い伝えられると、社員たちはまだ正月の興奮の残りを沸き立たして、痛快痛快と叫びながら整理室の方へ押し寄せて来た。

「おいおい、みんなどうしたんだい」

一足後《おく》れて出勤した課長は、この光景に不機嫌な顔をして叱《しか》ったが、内情を聞くに及んで愉快《ゆかい》そうに笑いながら、社員を押し分けて自分が加奈江の卓に近寄り「よく貫徹したね、仇討ち本懐《ほんかい》じゃ」と祝った。

加奈江は一同に盛んに賞讃されたけれど、堂島を叩き返したあの瞬間だけの強《し》いて

自分を弾ませたときの晴々した気分はもうとっくに消え失せてしまって、今ではみんなからやいやい言われるのが却《かえ》って自分が女らしくない奴と罵られるように嫌だった。社が退《ひ》けて家に帰ると、ぼんやりして夜を過ごした。銀座へ出かける目標《めあて》も気乗りもなかった。もちろん明子はもう誘いに来なかった。戸外《そと》は相変わらず不思議に暖かくて雪の代わりに雨がしょぼしょぼと降り続いた。加奈江は茶の間の隅に坐って前の坪庭の山茶花《さざんか》の樹に雨が降りそそぐのをすかし見ながら、むかしの仇討ちをした人々の後半生というものはどんなものだろうなぞと考えたりした。そして自分のつまらぬ仕返しなんかと較《くら》べたりする自分を莫迦になったのじゃないかとさえ思うこともあった。

一月十日、加奈江宛の手紙が社へ来ていた。加奈江が出勤すると給仕が持って来た。手紙の表には「ある男より」と書いてあるだけで加奈江が不審に思って開いてみると意外にも堂島からであった。

この手紙は今までの事柄の返事のつもりで書きます。僕は自分で言うのもおかしいけれど、はっきりしていると思う。現在、あの拓殖会社が煮え切らぬ存在で、今度の社が前途有望である点が僕の去就を決した。しかし私に割り切れないものがあの社を去るに当たって一つあった。それは貴女《あなた》に対する私の気持ちでした。社を辞めるとなればほとんど貴女には逢えなくなる。その前に僕の気持ちを打ち明けて、どうか同情して貰いたいとあせった。しかし僕は令嬢というものに対してはどうしても感情的なことが言い出せない性質です。だからとうとうボーナスを貰って社を辞めようとした最後の日まで来てしまったのです。いよいよ、言うことすら出来ないのか。思い切って打ち明けたところで、断られたらどういうことになる。こっちはすごすごと思いを残して引き下がり貴女は僕のことなぞ忘れてしまうだけだ。いっそ喧嘩《けんか》でもしたらどうか。あるいは憎むことによって僕を長く忘れないかもしれない。僕もきっかり決裂《けつれつ》した感じで気持ちをそらすことが出来よう。そんな自分勝手な考えしか切羽詰まって来ると浮かびませんでした。とつおいつ、僕は遂に夢中になって貴女をあの日、撲ったのでした。しかし女を、しかも一旦慕《した》った麗人《れいじん》を乱暴にも撲ったということは僕のヒューマニズムが許しませんでした。いつも苦い悪汁《あく》となって胸に浸《し》み渡るのでした。その不快さに一刻も早く手紙を出して詫《わ》びようと思ったが、それもやはり自分だけを救うエゴイズムになるのでやめてしまったのです。先日、銀座で貴女に撲り返されたとき、これで貴女の気が晴れるだろうから、そこでやっと自分の言い訳やら詫びをしようと、もじもじしていたのですが、連れの者が邪魔して、それを果たしませんでした。よって手紙をもって、今、釈明する次第です。平《ひら》にお許し下さい。

堂島　潔

としてあった。加奈江は、そんなにも迫った男の感情ってあるものかしらん、今にも堂島の荒々しい熱情が自分の身体に襲いかかって来るような気がした。加奈江は時を二回分けて、彼の手、自分の手で夢中になってお互いを叩きあった堂島と、このまま別れてしまうのは少し無慙《むざん》な思いがあった。一度、会って打ち解けられたら……。

加奈江は堂島の手紙を明子たちに見せなかった。家に帰るとその晩一人銀座へ向かった。次の晩も、その次の晩も、十時過ぎまで銀座の表通りから裏街へ二回も廻って歩いた。しかし堂島は遂に姿を見せないで、路上にはようやく一月の本性の寒風が吹き募って来た。

# 西東

坂口安吾

路上で煙次郎《えんじろう》と草吉《くさきち》が出会った。草吉は浮かない顔付きであった。

「どうした？　顔色が悪いな。胃病か女か借金か？」

「数々の煩悶《はんもん》が胸にあってね。黙っていると胸につかえて、自殺の発作にかられるのだ。誰かをつかまえて喋《しゃべ》りまくろうと思っていたが、君に出会ったのは、けだし天祐《てんゆう》だな」

「いやなことになったな」

「十日前の話だが、役所からの帰りさ、図らずも霊感の宿るところとなって、高遠なアナクレオン的冥想《めいそう》の訪れを受け法悦《ほうえつ》に浸《ひた》りながら家路を辿《たど》ったと思いたまえ」

「ウム」

「ご承知の通り一ヶ月ほど前に先《せん》の住所から二、三町離れたばかりの今の家へ移ったのだが、高遠な冥想に全霊を傾けているから気がつかない。足は数年間歩き馴《な》れたとおり、極めて自然に昔の住所へ辿りついていたんだね。ガラリと戸をあける、上がり框《かまち》へ腰を下ろして悠々と靴の紐《ひも》を解いていると、背中の方に電燈がついて、どなた？

という若い娘の声がした――」

「なるほど。そこで娘に惚《ほ》れたのか。いやな惚れ方をする奴だな」

「先廻《まわ》りをしてはこまる。聞き覚えのない声にハッと気付いて振り向くまでもなくハッと我に帰った瞬間には、日頃頭の訓練が行き届いているせいか、さては何か間違いをやらかしたなということがチャンと分かっていたよ。しかしどういう種類の間違いをやらかしたかということになると、しばらく娘の顔を眺めていたり、家の具合を観察したり、前後の事情を思い出したりしないうちは見当がつかなかったね。そのうちに事の次第が漸次《ぜんじ》呑《の》みこめてくると、流石《さすが》に慌《あわ》てるような無残《むざん》な振る舞いはしない。騎士道の礼をつくして物静かに事の次第を説明すると風の如《ごと》くに退出したが、さて我が家へ帰っておもむろに気がつくと、重大な忘れ物をしたことが分かった」

「重大だな。狙いの一言を言い落としたという奴だろう。名刺でも忘れてくるとよかった」

「人聞きの悪いことを言わないでくれ。役所でやりかけの仕事を入れた鞄《かばん》を忘れてきたのだ」

「そいつは有望な忘れ物だ。それから——」

「取って来ようと一旦街へでたが、てれくさくて気が進まない。ぶらぶらしているうちに真夜中近くなった。今更訪れるわけにもいかないし、翌朝だしぬけにおびやかすのも気がひけるから、あれかれと考えたあげく、最も公明正大な方法をもって堂々と乗りこむことにきめたよ。何月何日何時に鞄を受け取りに参上するという外交文書に匹敵する正義勇気仁義をつくした明文をしたためて、翌朝出勤の途次《とじ》投函したのだ」

「うむ。そこまでは兵法にかなっておる」

「さて約束の当日がきて、役所の帰りにそこへ寄る予定になっていたので、まず勇気をつけるためかねて行きつけのおでん屋へ立ち寄った。と、穏やかならぬ発見をしたが、なんだと思う？」

「よくある奴だ。てっきり不良少女だよ。娘が男と酒でも呑んでいたのだろう」

「そうじゃない。鞄がその店にあったんだ。考えてみると、例の一件の起こった日も、そこで一杯かたむけていたのだ。正式の外交文書を発送したあとだから、俺も見るからに歎《なげ》いたよ。しかし打ち悄《しお》れてもいられないから気をとり直して酒を呑むとたちまち満身に力が沸いてきた。早速家へ帰ると始終《しじゅう》の仔細《しさい》をしたためた公明正大な文書を書き上げたのだ。いつ会わないとも限らない近所のことだ、まさかにほったらかしておくわけにも行かないじゃないか」

「明らかに悪手《あくしゅ》だな。兵書の説かざるところだよ。婆羅門《バラモン》の秘巻《ひかん》にも（手紙は一度二度目は殿御《とのご》がお直々《じきじき》）という明文が見えておる」

「すると昨日返事がきたよ。言い忘れたがその家は女名前の主人《あるじ》なんだね。ところが手紙は男の手で、書いてあることが癪《しゃく》にさわるね。その内容をかいつまんで言うと、娘に惚れるのはそちらの心の勝手だが、あんまり遠まわしに奇妙な策略をめぐらしてくれるなというのだ。そもそもの始まりから他人の家へ無断でのこのこ這入《はい》りこんでくるなんて、策の斬新奇抜《ざんしんきばつ》なところは大いに買うが、安寧《あんねい》秩序をみだし淳良《じゅんりょう》なる風俗を害う底《そこなうてい》の人騒がせは許しがたい悪徳であるなぞと途方もないことが書いてあったよ。文章の様子から見て若い書生《しょせい》の筆らしいが、女名前の主人といい、その家はてっきり素人下宿と思われるのだ。してみると愈々《いよいよ》てれくさい話になるわけで、なんとかして敵の蒙《もう》を啓《ひら》き身の潔白を立てる方策を講じないことには、うかうかあの界隈《かいわい》を散歩もできない窮地にたちいたった次第だが、そこで俺は手紙を書いた」

「またか！」

「万事偶然の働いた悪戯《いたずら》で、何ら策略もなく、第一お前の家のチンピラ娘に惚れるような浅慮《せんりょ》はしないと一々《いちいち》証拠を列挙して書いたのだが、しかしこちらを甜《な》めてかかった相手に向かって正面から、返答するのも気の利《き》かない話だから、目下頻《しき》りに考え中でまだ手紙は投函しないのだ。君にこれという名案はないか？」

「さればさ。正直に兜《かぶと》を脱ぐのが第一だな」

「兜を脱ぐとはどうすることだ？」

「改めて、そちらの令嬢に惚れているが貴意如何《きいいかん》、と言ってやるんだな」

「莫迦《ばか》も休み休み言ってくれ。惚れているならこんな苦労はしないさ」

「いやさ。万事が惚れたように出来ている、そういう時は惚れた気持ちになることだよ。やれやれ。勿体《もったい》ない。そまつにするな」

と言いながら、煙次郎は行ってしまう。草吉は腹を立てて、ポケットから例の手紙を取り出すとポストへ投げ込む。それからようやく落ち付いて、なるほど、こういう時に惚れてみるのも悪くないなと考えながら歩いて行く。というあたりで、この話はおしまいだ！　莫迦にするな！

# 死神の名づけ親

グリム童話

金田鬼一・訳

びんぼうな男が、子どもを十二人もっていました。それで、その子どもたちにパンをたべさせるために、男は、いやおうなしに、昼となく夜となく働きつづけました。そこへ十三人めが産声をあげたものですが、こまってばかりいてどうにもならず、まよ、いちばんはじめにぱったりでくわした者を名づけ親にたのんでやれとおもって、大通りへとびだしました。

男にでくわした初めてのもの、それは神さまでした。神さまには、男のくよくよ思ってることがちゃんとおわかりですから、

「かわいそうに！　気の毒な人だね。わしが、おまえの子どもに洗礼をさずけてあげよう、その子どものめんどうをみて、この世の幸福《しあわせ》なものにしてあげよう」と、仰《おお》せになりました。

「どなたですが、あなたは」と、男が言いました。

「わしは、神さまだよ」

「それでは、あなたを名づけ親におねがいするのはおやめだ」と、男が言いました、

「あなたは、金もちにゃ物をおやりになって、びんぼう人は腹がへっても知らん顔していなさる」

男は、神さまが富と貧乏とを、大きな目でごらんになって、うまく分配なさるのがわからないものですから、こんな口をきいたのです。こんなわけで、男は神さまに背なかをむけて、すたすた歩いて行きました。そこへ悪魔がやってきて、

「なにをさがしているんだ。おいらをおまえの子どもの名づけ親にすれば、子どもに金貨をしこたまやったうえに、世の中の快楽《たのしみ》って快楽を一つのこらずさせてやるがなあ」と言いました。

「どなたです、あなたは」と、男がきいてみました。

「おいら、悪魔だよ」

「それでは、あなたを名づけ親におねがいするのは、ごめんこうむる」と、男が言いました、「あなたは、人間をだましたり、そそのかしたりしますね」

それからまた、すたすた歩いて行くと、かさかさになった骨ばかりの死神が、つかつかとやってきて、

「わしを名づけ親にしなよ」と言いました。

「どなたです、あなたは」と、男がきいてみました。

「わしは、だれでもかれでも一様《いちよう》にする死神さ」

これをきくと、男は、

「あなたならば、おあつらえむきだ。あなたは、金もちでも貧乏人でも、差別なしにさらっていきますね。あなたを、名づけ親におねがいしましょう」と言いました。死神は、

「わしはな、おまえの子どもを金もちにするし、有名な人にもしてあげる。わしを友だちにするものなら、だれにでもそうしてやるきまりなのさ」とこたえました。男は、

「このつぎの日曜日が洗礼です。刻限をみはからって、いらしってください」と言いました。

死神は、約束どおりに、ふらりと姿を見せて、いかにもしかつめらしく名づけ親の役をつとめました。

この男の子が大きくなってからのこと、あるとき名づけ親がはいってきて、わしについておいで、と言いました。名づけ親は、この男を郊外の森のなかへつれこむと、
なんですか、そこにはえている薬草を教えて、

「いよいよ、名づけ親としてのわしの進物《しんもつ》をおまえにあげる時がきた。わしは、おまえを評判のお医者にしてあげる。おまえが病人のとこへ呼ばれるときには、そのたんびにわしが姿を見せてあげる。で、わしがな、病人のあたまの方に立っていたら、このご病人はきっとなおしてあげますと、りっぱに言いきるがよい。そうしておいて、病人におまえの薬草をのませれば、その病人はなおる。だが、わしが病人の足のほうに立っていたら、病人は、わしのものだよ。おまえはな、これは手のつくすようがござらぬ、このご病人をすくう医者は世界に一人もござらぬ、と言うのだぞ。とにかく、この薬草を、わしの意志《こころ》にそむいた用いかたをしないように、よく気をつけろよ。そんなことをしたら、おまえの身にとんでもないことが起こるかもしれぬぞ」と言いました。

やがて、このわかい男は世界じゅうでいちばん名だかいお医者になりました。「あの人は、病人をじろりと見るだけで、これはなおるとか、これは死ぬとか、容態《ようだい》がちゃんとわかる」という評判がたって、そこいらじゅうから人がやってくる、病人のところへつれていく、そしてお金をたくさんだすので、男はたちまちお金もちになりました。

そのうちに、王さまが病気にかかったことがありました。このお医者が召しだされて、なおるみこみがあるかどうか、もうしあげてみろということになったのですが、寝台のそばへ行ってみると、死神は、病人の足のほうに立っていました。これでは、例の薬草も、とても役にはたちません。

「ちょいと、死神をだませないものかしら」と、お医者が考えてみました。「おこるにはおこるだろうが、じぶんは、なんといってもあれの名づけ子のことだから、死神も目をつぶってくれるだろう。おもいきって、やってみろ」

それで、お医者は病人をつかまえて、上下《かみしも》を逆に置きかえて、死神が病人のあたまのほうに立つことになるようにしました。そうしておいて、いつもの薬草をのませると、王さまは元気をとりもどして、もとどおりのじょうぶなからだになりました。けれども、死神はお医者のところへやってきて、腹をたてた底意地のわるい顔をして、指でおどかしながら、

「おまえは、このわしを、だましたな。こんどだけは、寛大《おおめ》にみてやる、おまえはわしの名づけ子のことだからな。だが、こんなことを、もう一ぺんやったら、命はないぞ。わしは、おまえをひっつぁらっていく」と言いました。

ところが、その後まもなく、王さまのお姫さまが大病にかかりました。お姫さまは王さまの一人娘で、王さまは、昼も夜も泣きとおしたので、目がつぶれました。それで、お姫さまの命をすくってくれるものがあったら、お姫さまのおむこさんにして、王さまの後継ぎにする、というお布告《ふれ》をだしたものです。

お医者が病人の寝どこへ行ったときには、死神は足のほうに見えました。お医者は名づけ親の警告《いましめ》をおもいだしたはずなのですが、お姫さまのすばらしく美しいのと、うまくいけばそのお姫さまのおむこさんになれるという望みとにあたまがしびれて、お医者は、ほかのことはなんにも考えませんでした。死神は、おこった目つきでにらみつけました。手を高くふりあげました。そして、かさかさのにぎりこぶしで打《ぶ》つまねをしましたが、そんなことは目にはいらず、病人を抱きおこすと、せんに足のあったほうへ頭を置きかえました。そうしておいて、例の薬草をのませましたら、たちまちお姫さまの頰《ほ》っぺたに赤みがさしてきて、命がまた新しく、ぴくりぴくりと動きだしました。

死神は、これでもう二度、じぶんの持ちものをだましとられたわけですから、お医者のところへ大股につかつかとやってきて、

「おまえは、もうお陀仏《だぶつ》だ。いよいよ順番がまわってきたぞ」と言ったかとおもうと、氷のような冷たい手で、お医者を、てむかいすることもできないようにあらあらしく引っつかんで、地面の下の、どこかの洞穴《ほらあな》の中へつれこみました。

そこで目にはいったのは、なん千とも数知れない燈火《あかり》が、見わたすこともできないほど、幾列《いくれつ》にもならんでともっていることでした。大きいのもあり、中ぐらいのもあり、小さいのもあり、目ばたきをするまに、その燈火が、いくつか消えるかとおもうと、また別のがいくつも燃えあがるので、小さな焔《ほのお》は、入れかわり立ちかわり、あっちこっちへぴょんぴょん跳びはねているように見えます。

「どうだ！」と、死神が声をかけました、「これは、人間どもの生命《いのち》の燈火だ。大きいのは子どもので、中くらいのは血気さかんな夫婦もの、小さいやつは、じいさん、ばあさんのだ。と言っても、子どもや若い者でも、ちいっぽけな燈火しきゃもってないのが、よくある」

「わたしの命の燈火を見せてくださいな」

じぶんのはまだまだ大分大きいだろうと思って、お医者がこう言うと、死神は、いまにも消えそうな、ちいっぽけな蝋燭《ろうそく》の燃えのこりをゆびさして、

「見なさない、これだよ」と言いました。

「こりゃあ、ひどいや」と、お医者は、ぎょっとしました、「おじさん、新しいのを点《つ》けてくださいな。ね、ごしょうですからさ、そうすりゃあ、生きていられる、王さまになれる、美しいお姫さまのおむこさんになれるんですからね」

「わしの力には及ばないよ」と、死神がこたえました、「まず、一つ消えてからでないと、新しいのは燃えださないのでな」

「そんなら、古いのを新しいやつの上へのっけてください。古いやつがもえちまえば、新しいのが、すぐつづいて燃えだすでしょう」と、お医者は泣きつきました。

　死神は、その望みをききとげるようなふりをして、手を伸ばして新しい大きな蝋燭を引きよせました。けれども、もともと意趣《いしゅ》がえしをするつもりなのですから、さしかえるときに、わざとしくじって、小さな蝋燭は、ころりとひっくりかえって消えました。そのとたんにお医者はぱったり倒れて、今度は、じぶんが死神の手にはいってしまったのです。

# 団栗《どんぐり》

寺田寅彦

もう何年前になるか思い出せぬが日は覚えている。暮れもおし詰まった二十六日の晩、妻は下女を連れて下谷摩利支天《したやまりしてん》の縁日へ出かけた。十時過ぎに帰って来て、袂《たもと》からおみやげの金鍔《きんつば》と焼き栗を出して余のノートを読んでいる机のすみへそっとのせて、便所へはいったがやがて出て来て青い顔をして机のそばへすわると同時に急に咳《せき》をして血を吐いた。驚いたのは当人ばかりではない、その時余の顔に全く血のけがなくなったのを見て、いっそう気を落としたとこれはあとで話した。

あくる日下女が薬取りから帰ると急に暇をくれと言い出した。このへんは物騒で、お使いに出るときっといやないたずらをされますので、どうも恐ろしくて不気味で勤まりませぬと妙なことを言う。しかし見るとおりの病人をかかえて今急におまえに帰られては途方にくれる。せめて代わりの人のあるまで辛抱してくれと、よしやまだ一介の書生《しょせい》にしろ、とにかく一家の主人が泣かぬばかりに頼んだので、その日はどうやら思い止《とど》まったらしかったが、翌日は国元の親が大病とかいうわけでとうとう帰ってしまう。掛け取りに来た車屋のばあさんに頼んで、なんでもよいからと桂庵《けいあん》から連れて来てもらったのが美代《みよ》という女であった。仕合《しあ》わせとこれが気立てのやさしい正直もので、もっとも少しぼんやりしていて、たぬきは人に化けるものだというようなことを信じていたが、とにかく忠実に病人の看護もし、しかられても腹も立てず、そして時にしくじりもやった。手水鉢《ちょうずばち》を座敷のまん中で取り落として洪水を起こしたり、火燵《こたつ》のお下がりを入れて寝て蒲団《ふとん》から畳まで径《けい》一尺《しゃく》ほどの焼け穴をこしらえたこともあった。それにもかかわらず余は今に至るまでこの美代に対する感謝の念は薄らがぬ。

病人の容体はよいとも悪いともつかぬうちに年は容捨《ようしゃ》なく暮れてしまう。新年を迎える用意もしなければならぬが、何を買ってどうするものやらわからぬ。それでも美代が病人のさしずを聞いてそれに自分の意見を交ぜて一日忙しそうに働いていた。大《おお》晦日《みそか》の夜の十二時過ぎ、障子《しょうじ》のあんまりひどく破れているのに気がついて、外套《がいとう》の頭《ず》巾《きん》をひっかぶり、皿一枚をさげて森川町《もりかわちょう》へ五厘《り》の糊《のり》を買いに行ったりした。美代はこの夜三時過ぎまで結びごんにゃくをこしらえていた。

世間はめでたいお正月になって、暖かい天気が続く。病人も少しずつよくなる。風のない日は縁側の日向《ひなた》へ出て来て、紙の折り鶴をいくつとなくこしらえてみたり、秘蔵の人形の着物を縫うてやったり、曇った寒い日は床の中で「黒髪」をひくくらいになった。そして時々心細い愚痴《ぐち》っぽいことを言っては余と美代を困らせる。妻はそのころもう身重《みおも》になっていたので、この五月には初産《ういざん》という女の大難《だいなん》をひかえている。おまけに十九の大厄《たいやく》だと言う。美代が宿入りの夜など、木枯らしの音にまじる隣室のさびしい寝息を聞きながら机の前にすわって、ランプを見つめたまま、長い息をすることもあった。妻は医者の間に合いの気休めをすっかり信じて、全く一時的な気管の出血であったと思っていたらしい。そうでないと信じたくなかったのであろう。それでもどこにか不安な念が潜《ひそ》んでいると見えて、時々「ほんとうの肺病だって、なおらないときまったことはないのでしょうね」とこんなことをきいたこともある。またある時は「あなた、かくしているでしょう、きっとそうだ、あなたそうでしょう」とうるさく聞きながら、余の顔色を読もうとする、その祈るような気づかわしげな目づかいを見るのが苦しいから「ばかな、そんなことはないと言ったらない」と邪慳《じゃけん》な返事で打ち消してやる。それでも一時は満足することができたようであった。

病気は少しずつよい。二月の初めには風呂にも入る、髪も結うようになった。車屋のばあさんなどは「もうスッカリご全快だそうで」と、ひとりできめてしまって、そっとふところから勘定書《かんじょうが》きを出して「どうもたいへんに、お早くご全快で」と言う。

医者のところへ行って聞くと、よいとも悪いとも言わず、「なにしろちょうどご妊娠《にんしん》中ですからね、この五月がよほどお大事ですよ」と心細いことを言う。

それにもかかわらず少しずつよい。月の十何日、風のない暖かい日、医者の許可を得たから植物園へ連れて行ってやると言うとたいへんに喜んだ。出かけるとなって庭へおりると、髪があんまりひどいからちょっとなでつけるまで待ってちょうだいと言う。ふところ手をして縁《ふち》へ腰かけてさびしい小庭を見回す。去年の枯れ菊が引かれたままで、あわれに朽《く》ちている、それに千代紙《ちよがみ》の切れか何かが引っ掛かって風のないのに、寒そうにふるえている。手水鉢の向かいの梅の枝に二輪ばかり満開したのがある。近づいてよく見ると作り花がくっつけてあった。おおかた病人のいたずららしい。茶の間の障子のガラス越しにのぞいて見ると、妻は鏡台の前へすわって解かした髪を握ってぱらりと下げ、櫛《くし》をつかっている。ちょっとなでつけるのかと思ったら自分で新たに巻き直すと見える。よせばよいのに、早くしないかとせき立てておいて、座敷のほうへもどって、横になってけさ見た新聞をのぞく。早くしないかと大声で促す。そんなにせき立てると、なおできやしないわと言う。黙って台所の横をまわって門へ出て見た。往来の人がじろじろ見て通るからしかたなしに歩き出す。半町《はんちょう》ばかりぶらぶら歩いて振り返ってもまだ出て来ぬから、また引っ返してもと来たとおり台所の横から縁側へまわってのぞいて見ると、妻が年がいもなく泣き伏しているのを美代がなだめている。あんまりだと言う。一人でどこへでもいらっしゃいと言う。まあともかくもと美代がすかしなだめて、やっと出かけることになる。実にいい天気だ。「人間の心が蒸発して霞《かすみ》になりそうな日だね」と言ったら、一間《けん》ばかりあとを雪駄《せった》を引きずりながら、大儀《たいぎ》そうについて来た妻は、エエと気のない返事をして無理に笑顔をこしらえる。この時始めて気がついたが、なるほど腹の帯のところが人並みよりだいぶ大きい。あるき方がよほど変だ。それでも当人は平気でくっついて来る。美代と二人でよこせばよかったと思いながら、無言で歩調を早める。植物園の門をはいってまっすぐに広いたらたら坂を上って左に折れる。穏やかな日光が広い園にいっぱいになって、花も緑もない地盤はさながら眠ったようである。温室の白塗りがキラキラするようでその前に二、三人ふところ手をして窓から中をのぞく人影が見えるばかり、噴水も出ていぬ。睡蓮《すいれん》もまだつめたい泥の底に真夏の雲の影を待っている。温室の中からガタガタと下駄《げた》の音を立てて、田舎のばあさんたちが四、五人、きつねにつままれたような顔をして出て来る。余らはこれと入れちがってはいる。活力の満ちた、しめっぽい熱帯の空気が鼻のあなから脳を襲う。椰子《やし》の木や琉球《りゅうきゅう》の芭蕉《ばしょう》などが、今少し延びたら、この屋根をどうするつもりだろうといつも思うのであるが、きょうもそう思う。ジャワという国には肺病が皆無だとだれかの言ったことを思い出す。妻は濃緑に朱の斑点《はんてん》のはいった草の葉をいじっているから「オイよせ、毒かもしれない」と言ったら、あわてて放して、いやな顔をして指先を見つめてちょっとかいでみる。左右の回廊《かいろう》にはところどころ赤い花が咲いて、その中からのんきそうな人の顔もあちこちに見える。妻はなんだか気分が悪くなったと言う。顔色はたいして悪くもない。急になま暖かいところへはいったためだろう。早く外へ出たほうがよい、おれはも少し見て行くからと言ったら、ちょっとためらったが、おとなしく出て行った。あかい花だけ見てすぐ出るつもりでいたら、人と人との間へはさまって、ちょっと出そこなって、やっと出て見ると妻はそこにはいぬ。どこへ行ったかと見回すと、はるか向こうの東屋《あずまや》のベンチへ力なさそうにもたれたまま、こっちを見て笑っていた。

園の静けさは前に変わらぬ。日光の目に見えぬ力で地上のすべての活動をそっとおさえつけてあるように見える。気分はすっかりよくなったと言うから、もうそろそろ帰ろうかと言うと、少し驚いたように余の顔を見つめていたが、せっかく来たから、もう少し、池のほうへでも行ってみましょうと言う。それもそうだとそっちへ向く。

崖《がけ》をおりかかると下から大学生が二、三人、黄色い声でアリストートルがどうしたとかいうようなことを議論しながら上って来る。池の小島の東屋に、三十ぐらいのめがねをかけた品のいい細君《さいくん》が、海軍服の男の子と小さい女の子を遊ばせている。海軍服は小石を拾っては氷の上をすべらせて快《こころよ》い音を立てている。ベンチの上にはしわくちゃの半紙が広げられて、その上にカステラの大きな切れがのっている。「あんな女の子がほしいわねえ」と妻がいつにないことを言う。

出口のほうへと崖の下をあるく。なんの見るものもない。後ろで妻が「おや、どんぐりが」と不意に大きな声をして、道わきの落ち葉の中へはいって行く。なるほど、落ち葉に交じって無数のどんぐりが、凍《い》てた崖下の土にころがっている。妻はそこへしゃがんで熱心に拾いはじめる。見るまに左の手のひらにいっぱいになる。余も一つ二つ拾って向こうの便所の屋根へ投げると、カラカラところがって向こう側へ落ちる。妻は帯の間からハンケチを取り出して膝《ひざ》の上へ広げ、熱心に拾い集める。「もう大概にしないか、ばかだな」と言ってみたが、なかなかやめそうもないから便所へはいる。出て見るとまだ拾っている。「いったいそんなに拾って、どうしようと言うのだ」と聞くと、おもしろそうに笑いながら「だって拾うのがおもしろいじゃありませんか」と言う。ハンケチにいっぱい拾って包んでだいじそうに縛っているから、もうよすかと思うと、今度は「あなたのハンケチも貸してちょうだい」と言う。とうとう余のハンケチにも何合《なんごう》かのどんぐりを満たして「もうよしてよ、帰りましょう」とどこまでもいい気なことをいう。

どんぐりを拾って喜んだ妻も今はない。お墓の土には苔《こけ》の花がなんべんか咲いた。山にはどんぐりも落ちれば、鵯《ひよどり》の鳴く音に落ち葉が降る。ことしの二月、あけて六つになる忘れ形身のみつ坊をつれて、この植物園へ遊びに来て、昔ながらのどんぐりを拾わせた。こんな些細《ささい》なことにまで、遺伝というようなものがあるものだか、みつ坊は非常におもしろがった。五つ六つ拾うごとに、息をはずませて余のそばへ飛んで来て、余の帽子の中へひろげたハンケチへ投げ込む。だんだん得物《えもの》の増して行くのをのぞき込んで、頬《ほお》を赤くしてうれしそうな溶けそうな顔をする。争われぬ母の面影がこの無邪気な顔のどこかのすみからチラリとのぞいて、うすれかかった昔の記憶を呼び返す。「おとうさん、大きなどんぐり、こいもこいもこいもこいもみんな大きなどんぐり」と小さい泥だらけの指先で帽子の中に累々《るいるい》としたどんぐりの頭を一つ一つ突っつく。「大きいどんぐり、ちいちゃいどんぐり、みいんな利口《りこう》などんぐりちゃん」と出たらめの唱歌のようなものを歌って飛び飛びしながらまた拾い始める。余はその罪のない横顔をじっと見入って、亡妻《ぼうさい》のあらゆる短所と長所、どんぐりのすきなことも折り鶴のじょうずなことも、なんにも遺伝してさしつかえはないが、始めと終わりの悲惨であった母の運命だけは、この子に繰り返させたくないものだと、しみじみそう思ったのである。

# 蜜柑《みかん》

芥川龍之介

ある曇った冬の日暮れである。私は横須賀発上り二等客車の隅に腰を下ろして、ぼんやり発車の笛を待っていた。とうに電燈のついた客車の中には、珍しく私の外《ほか》に一人も乗客はいなかった。外を覗《のぞ》くと、うす暗いプラットフォオムにも、今日は珍しく見送りの人影さえ跡を絶って、ただ檻《おり》に入れられた小犬が一匹、時々悲しそうに、吠《ほ》え立てていた。これらはその時の私の心もちと、不思議なくらい似つかわしい景色だった。私の頭の中には、云《い》いようのない疲労と倦怠《けんたい》とが、まるで雪曇りの空のようなどんよりした影を落としていた。私は外套《がいとう》のポケットへじっと両手をつっこんだまま、そこにはいっている夕刊を出して見ようという元気さえ起こらなかった。

が、やがて発車の笛が鳴った。私はかすかな心の寛《くつろ》ぎを感じながら、後ろの窓枠へ頭をもたせて、眼の前の停車場がずるずると後ずさりを始めるのを待つともなく待ちかまえていた。ところがそれよりも先にけたたましい日和下駄《ひよりげた》の音が、改札口の方から聞こえ出したと思うと、間もなく車掌《しゃしょう》の何か云い罵《ののし》る声と共に、私の乗っている二等室の戸ががらりと開いて、十三、四の小娘が一人、慌《あわ》ただしく中へはいって来た。

と同時に一つずしりと揺れて、徐《おもむろ》に汽車は動き出した。一本ずつ眼をくぎって行くプラットフォオムの柱、置き忘れたような運水車、それから車内の誰かに祝儀の礼を云っている赤帽――そういうすべては、窓へ吹きつける煤煙《ばいえん》の中に、未練がましく後へ倒れて行った。私はようやくほっとした心もちになって、巻煙草《まきたばこ》に火をつけながら、始めて懶《ものう》い瞼《まぶた》をあげて、前の席に腰を下ろしていた小娘の顔を一瞥《いちべつ》した。

それは油気のない髪をひっつめの銀杏返《いちょうがえ》しに結《ゆ》って、横なでの痕《あと》のある皸《ひび》だらけの両頬《りょうほお》を気持ちの悪いほど赤く火照《ほて》らせた、いかにも田舎者らしい娘だった。しかも垢《あか》じみた萌黄《もえぎ》色の毛糸の襟巻《えりま》きがだらりと垂《た》れ下がった膝《ひざ》の上には、大きな風呂敷包みがあった。そのまた包みを抱いた霜焼《しもや》けの手の中には、三等切符が大事そうにしっかり握られていた。私はこの小娘の下品な顔だちを好まなかった。それから彼女の服装が不潔なのもやはり不快だった。最後にその二等と三等との区別さえも弁《わきま》えない愚鈍《ぐどん》な心が腹立たしかった。だから巻煙草に火をつけた私は、一つにはこの小娘の存在を忘れたいという心もちもあって、今度はポケットの夕刊を漫然と膝の上へひろげて見た。するとその時夕刊の紙面に落ちていた外光が、突然電燈の光に変わって、刷りの悪い何欄かの活字が意外なくらい鮮やかに私の眼の前へ浮かんで来た。云うまでもなく汽車は今、横須賀線に多い隧道《トンネル》の最初のそれへはいったのである。

しかしその電燈の光に照らされた夕刊の紙面を見渡しても、やはり私の憂鬱《ゆううつ》を慰《なぐさ》むべく、世間はあまりに平凡な出来事ばかりで持ち切っていた。講和問題、新婦、新郎、涜職《とくしょく》事件、死亡広告――私は隧道へはいった一瞬間、汽車の走っている方向が逆になったような錯覚を感じながら、それらの索漠《さくばく》とした記事から記事へほとんど機械的に眼を通した。が、その間ももちろんあの小娘が、恰《あたか》も卑俗《ひぞく》な現実を人間にしたような面《おも》もちで、私の前に坐っていることを絶えず意識せずにはいられなかった。この隧道の中の汽車と、この田舎者の小娘と、そうしてまたこの平凡な記事に埋まっている夕刊と、――これが象徴でなくて何であろう。不可解な、下等な、退屈な人生の象徴でなくて何であろう。私は一切《いっさい》がくだらなくなって、読みかけた夕刊を抛《ほう》り出すと、また窓枠に頭を靠《もた》せながら、死んだように眼をつぶって、うつらうつらし始めた。

それから幾分か過ぎた後であった。ふと何かに脅《おびや》かされたような心もちがして、思わずあたりを見まわすと、いつの間にか例の小娘が、向こう側から席を私の隣へ移して、頻《しき》りに窓を開けようとしている。が、重い硝子《ガラス》戸は中々思うようにあがらないらしい。あの皸だらけの頬はいよいよ赤くなって、時々洟《はな》をすすりこむ音が、小さな息の切れる声と一《いっ》しょに、せわしなく耳へはいって来る。これはもちろん私にも、幾分ながら同情を惹《ひ》くに足るものには相違なかった。しかし汽車が今まさに隧道の口へさしかかろうとしていることは、暮色《ぼしょく》の中に枯れ草ばかり明るい両側の山腹《さんぷく》が、間近く窓側に迫って来たのでも、すぐに合点《がてん》の行くことであった。にも関わらずこの小娘は、わざわざしめてある窓の戸を下ろそうとする、――その理由が私には呑《の》みこめなかった。いや、それが私には、単にこの小娘の気まぐれだとしか考えられなかった。だから私は腹の底に依然として険しい感情を蓄《たくわ》えながら、あの霜焼けの手が硝子戸を擡《もた》げようとして悪戦苦闘する様子を、まるでそれが永久に成功しないことでも祈るような冷酷な眼で眺めていた。すると間もなく凄まじい音をはためかせて、汽車が隧道へなだれこむと同時に、小娘の開けようとした硝子戸は、とうとうばたりと下へ落ちた。そうしてその四角な穴の中から、煤《すす》を溶かしたようなどす黒い空気が、俄《にわか》に息苦しい煙になって、濛々《もうもう》と車内へ漲《みなぎ》り出した。元来咽喉《のど》を害していた私は、手巾《ハンカチ》を顔に当てる暇さえなく、この煙を満面《まんめん》に浴びせられたおかげで、ほとんど息もつけないほど咳《せき》こまなければならなかった。が、小娘は私に頓着《とんちゃく》する気色《けしき》も見えず、窓から外へ首をのばして、闇を吹く風に銀杏返しの鬢《びん》の毛を戦《そよ》がせながら、じっと汽車の進む方向を見やっている。その姿を煤煙と電燈の光との中に眺めた時、もう窓の外が見る見る明るくなって、そこから土の匂いや枯れ草の匂いや水の匂いが冷ややかに流れこんで来なかったなら、ようやく咳きやんだ私は、この見知らない小娘を頭ごなしに叱《しか》りつけてでも、また元の通り窓の戸をしめさせたのに相違なかったのである。

しかし汽車はその時分には、もう安々《やすやす》と隧道を辷《すべ》りぬけて、枯れ草の山と山との間に挟まれた、ある貧しい町はずれの踏み切りに通りかかっていた。踏み切りの近くには、いずれも見すぼらしい藁《わら》屋根や瓦《かわら》屋根がごみごみと狭苦しく建てこんで、踏み切り番が振るのであろう、ただ一旒《いちりゅう》のうす白い旗が懶げに暮色を揺すっていた。やっと隧道を出たと思う――その時その蕭索《しょうさく》とした踏み切りの柵の向こうに、私は頰の赤い三人の男の子が、目白《めじろお》押しに並んで立っているのを見た。彼等は皆、この曇天《どんてん》に押しすくめられたかと思うほど、揃って背が低かった。そうしてまたこの町はずれの陰惨《いんさん》たる風物と同じような色の着物を着ていた。それが汽車の通るのを仰《あお》ぎ見ながら、一斉に手を挙げるが早いか、いたいけな喉《のど》を高く反《そ》らせて、何とも意味の分からない喊《かん》声《せい》を一生懸命に迸《ほとばし》らせた。するとその瞬間である。窓から半身を乗り出していた例の娘が、あの霜焼けの手をつとのばして、勢いよく左右に振ったと思うと、たちまち心を躍《おど》らすばかり暖かな日の色に染まっている蜜柑《みかん》がおよそ五つ六つ、汽車を見送った子供たちの上へばらばらと空から降って来た。私は思わず息を呑んだ。そうして刹那《せつな》に一切を了解した。小娘は、恐らくはこれから奉公先へ赴《おもむ》こうとしている小娘は、その懐《ふところ》に蔵《ぞう》していた幾顆《いくくわ》の蜜柑を窓から投げて、わざわざ踏み切りまで見送りに来た弟たちの労《ろう》に報《むく》いたのである。

暮色を帯びた町はずれの踏み切りと、小鳥のように声を挙げた三人の子供たちと、そうしてその上に乱落《らんらく》する鮮やかな蜜柑の色と——すべては汽車の窓の外に、瞬《また》く暇もなく通り過ぎた。が、私の心の上には、切ないほどはっきりと、この光景が焼きつけられた。そうしてそこから、ある得体の知れない朗らかな心もちが湧き上がって来るのを意識した。私は昂然《こうぜん》と頭を挙げて、まるで別人を見るようにあの小娘を注視した。小娘はいつかもう私の前の席に返って、相変わらず皸だらけの頰を萌黄色の毛糸の襟巻きに埋めながら、大きな風呂敷包みを抱えた手に、しっかりと三等切符を握っている。……………

私はこの時始めて、云いようのない疲労と倦怠とを、そうしてまた不可解な、下等な、退屈な人生を僅《わず》かに忘れることが出来たのである。

# 水仙《すいせん》

林芙美子

煙草を咥《くわ》えたまま、たまえの枕元に立ったので、雑誌から眼を離して、「どうだったの？」とこちらから尋《たず》ねてやらなければならない。向こうから、お母さん、今日はこうこうでしたよと云《い》うような優しい作男ではない。「どうだったの？」と尋ねても、にやにや笑って、座蒲団《ざぶとん》を足のさきで引き寄せ、「お前さんが子不孝なひとだから駄目だッた」と、赤い舌を出してそのまま煙草の輪を吐いている。

「お前さんが、子不孝たア何だよ？　ママをつかまえて、お前さんもないもンだわ。——津田さんに始めて会ったのかい？」「逢《あ》ったさ。お前さんによろしくって云ったよ」たまえは起きあがって、作男の顔をしばらく見つめていた。「子不孝ってのは何だい？」「世間にゃア、親不孝って言葉があるだろう……その反対だよ。ママ公が子不孝だって云うンだ……」たまえは、わが息子ながら憎々しい口のききかたが胸に煮えたぎって来る。「ママはお前なンかに子不孝な親だなンて云われる筋合いはないよ。早くパパに別れて、お前さんを今日まで女手《おんなで》一つでそだてて来たンじゃないか、お前くらいパパに似て私をいじめるひとってないわ。もう、二十二にもなるンだもの、何とかして勤めを持って、きちんとしてくれたっていいじゃアないのッ。いつでも不首尾《ふしゅ》に終わるのはお前さんの態度がよくないンだよ。神山さんもおっしゃっていたけど、就職《び》を頼みに来て、ああふんぞり返って煙草を吹かしているンじゃア、いっぺんに駄目になるって……」「へえ、そいじゃア、就職ってものは態度だけでいいンだね。馬鹿でもちょんでも態度さえきちんとしてりゃアいいンかい？」作男はわざとこめかみの長い刈りかたで、スペインの闘牛師のような頭にしている。まだすっかり大人びたとは云いがたく鼻の下の柔《やわ》らかい生毛《うぶげ》のはえぐあいが、たまえにはこの間まで小学校へ行っていた子供だったとはどうしても思えない。どこかの違う男が枕元に坐ってい るような気がして来る。「どうしてけんじょうな態度が出来ないのかねえ。お前に好意を持ってくれる人って一人もないンだもの」「だって、そりゃア、そンな風にママがそだてたンだから仕方がないンだよ。理想の息子にそだてたンだもの文句はないだろう……」たまえは眼にいっぱい涙をためて、あぐらを組んで壁に凭《もた》れている憎々しいばかり悠々としている息子を視《み》ていた。「親一人子一人でどうして、私はお前といつもこんな風に云い合いをしなくちゃアならないのかね。——津田さんは何ておっしゃった？」「何も云やアしなよ。ただ、俺じゃどうにもならんから試験を受けてみろって云うから受けてみただけだ」「それで、自信はあるの？」「ないね。くだらん問題ばかりで書く気がしないもの……」作男はちょっと気弱な薄笑いを浮かべて、汚れた灰皿に煙草の吸いのこりをつっこんだ。「せめて試験でもみんな出来ればいいンだけどね……」たまえは頭の悪い息子の顔つきが、これからの長い人生では、生涯うだつの上がらない人間になるに違いないと侘《わび》しい気持ちで、「態度もよくない、試験もまるで駄目じゃア、いかに津田さんでもどうにも手のほどこしようがないわ？」「まア、そンなところだね……」たまえはもう口をきくのも厭《いや》であった。遠い以前、この子供を捨ててしまいたいと思ったことがあったけれども、あの時、本当に思い切ってどこかにくれてしまっておけば、今頃、こんなに困らされることもあるまい。「どんな試験が出たの？」「どんなって、てンで興味のないことなんだ。フランスはいかに危機を解決するかとか、トルーマンはいくつだとかさ、俺、そンなこと一度だって考えてみたこともないよ」たまえは、にがにがしい気持ちで、タオルのよれよれの寝巻きの上から、これも汚れた銘仙《めいせん》のはんてんを引っかけてよろよろと立ちあがった。洗面所に行って、やかんに水を汲《く》んで来ると、作男がたまえのハンドバッグの中を引っかきまわしているところだった。「何を探してるンだい？」「金が少しほしいンだよ」「いくら探したってありゃアしないよ。お前って、本当にいけないひとにおなりだね、これ以上お母さんを苦しめることはやめてちょうだい。どうして、君はそンなにお母さんをいじめたいのよ。どんなつもりなンだよ？」作男はハンドバッグから爪ヤスリを見つけ出すと、そのヤスリで自分の爪を荒くこすりながら、「冗談でしょうだ……誰もおふくろをいじめてやしないよ。今夜、桜井のところへ行く約束があるンで、まんざら、大の男が電車賃だけじゃ行けねえと思ってさ……」たまえはもう黙っていた。やかんを電気コンロに掛けると、柱鏡《はしらかがみ》の前に立って自分の顔をじいっと眼をすえて眺めた。いつの間にか老年がしのびよっている。四十三歳という年齢がたまえには何となく口惜《くや》しいのだ。だらしなく年をとってしまったような気がする。子供のために夢中で年を取って来たわけではないけれども、この子さえいなかったら、いまごろは案外倖《しあわ》せな暮らしをしていたかもしれないのだ。いまさらどんなにじたばたしても、もう再び女の幸福はやって来る気づかいはない。ぼうぼうとした艶《つや》のない髪に櫛《くし》を入れてときつける。額ぎわが馬鹿に薄くなって来た。若い時の様々の乱行のせいかもしれないと、たまえが艶出し油を塗って、前髪をたっぷりと額にかかるようにさげてみた。痩《や》せた頬骨《ほおぼね》のとがった顔が、幾分か若々しく見える。また思い切って、手術の気持ちでその髪を後ろへとかしてみる。不思議にさっと老けて来る。やかんの湯が沸いたので、洗面器に湯をあけて、むしタオルをつくり、顔にタオルをかぶせた。熱いタオルの下で、瞼《まぶた》がひくひくしている。「ママ、どこかへ出るのかい?」「ああちょっと、金策に出掛けるよ」「当てはあるのかい?」「ないンだけど仕方がないンだもの……」たまえはタオルを取って鏡をのぞいた。皮膚にあからみのさした顔が生々して来た。いつも、こんな肌色をしているといいンだけれども、石油臭いコオルドクリームをべったりと顔中へ塗りたくる。ぎらぎらと光る顔に、節くれだった指が眼のふちを幾度もマッサアジしている。やっと化粧の出来た顔に、また前髪を大きくかぶせて、小皺《こじわ》のよった瞼に紅を点じて遠くから鏡を見た。洗面器のどろどろに汚れたぬるま湯が、たまえには貧乏たらしくて厭であった。もう五日も風呂に行かないせいか、化粧した顔も案外垢抜《あかぬ》けしない。荒れて固くなっている唇《くちびる》の紅も少しものびないので受唇《うけぐち》の唇が、色の悪いまぐろの刺身でも見ているようだ。「ねえ、君、ママはね、もう、君が頼りに思うほど、何の力もなくなってしまってるンだから、君はもうママと別れて、桜井さんところででも同居させて貰《もら》う気はない? 本当にママは疲れちゃった、君とママはね、もう前の世から敵同士みたいにして生まれあわせて来たンだろうから、ここンところで、君も男一人前に大きくなってるンだし、ママを解放してくれる気はないかい！　君が何をしたってママは文句は云わないし、ママだって、何をしたって文句云って貰いたくはないンだよ、ただね、君の軀《からだ》の弱いのが、ママは気になるンだけど、君が病気になった時はまた、その時はその時でママが何とかします、ね、君一人で、何とか自活してくれないかしら？　その方が君のためにもなるンだと思うけど……」「ママ公は俺が邪魔になったンだろう……何も別々になることはないし、よかったら、また昔みたいに、お姉さんって云ってやるぜ……」たまえは、やけに唇にこってりと棒紅《ぼうべに》を引きながら、鏡の中で皓《しろ》い歯をにっと出して眺めている。返事もしない。「俺、厭だよ……」たまえは底意地の悪い光った眼で鏡のなかの自分の顔を眺めながら、「だけどね、ママはもう君と一つ部屋にいる根気はないよ。喧嘩《けんか》しながら暮らすには、もうママは若くはないし、ほら、お前も読んだ、女の一生じゃないけど、ママはお前に殺されてしまいそうだからね」「冗談じゃない。ママは己惚《うぬぼ》れが強いンだよ。誰がおふくろを殺す息子があるもンかッ。俺はママなンか爪の垢ほどにも思っちゃいないよ……ただ、肚《はら》を借りただけのキリストさ……」「へえ、そうなの……じゃア、君も羽根でもつけて勝手にマリヤのところから飛び立つがいいさ。何も、ママはいつまでも一人前になった君を養ってなきゃならないて法はないからね」たまえはグリンの相当疲れたジャケツに黒いズボンをはいた。脚が馬鹿に細い、毛糸のソックスをはいて、電気コンロの前に横ずわりに坐ると、渦巻きの火の上に汚れた手をかざして、爪に紅を塗りたくってている。作男は放心《ほうしん》したようにたまえの手を見ていた。悪魔の手としか考えられない。かつてこの母の口から優しい言葉をかけられたことがないという恨みっぽい心が、底の底まで母をいじめつけてやりたい反抗心でむらむらして来る。「汚ねえ手だなア、もうママも年だよ」「よけいなお世話だわ。誰がこんなに汚い手にしたのよ。働いて、戻って、薪《まき》をいじくって君にご飯を食べさせる手だよ」「ほう……それでそンなに汚くなるのかねえ……」爪に紅を塗り終わってエナメルでぴかぴかした爪をボロ布でこすって、汚れたぬるい湯の中へまた両手をつけた。泡立ちの悪いしゃぼんで手をよく洗ってみる。そしてタオルで手を拭いて、またたまえは自分の手を遠くへはなしてみる。「ねえ、冗談じゃないンだよ。君はどこへでも行っておくれよ。つくづくママは君に疲れてしまったンだわ」作男はしばらく眼をつぶって、頭を軽く壁にこつこつと打ちつけていた。たまえは外套《がいとう》を肩からひっかけて、やかんの残り湯をコップについで配給の赤砂糖を混ぜて飲んだ。「ママ公は俺のことなンか一度だって愛情を持って考えたことなンかないだろう？」ふっとコップを持った手を唇から離した。たまえは、息子の顔を見た。非常に疲れた顔をしている。別れた良人《おっと》の若い時の面《おも》ざしにどこか似ている。「そりゃア、ママだって君を愛してたこともあったわ。でもね、生活に追いまくられてると、君のことばかりにかまけてもいられない時もあるわね。――そりゃアママのおなかを痛めた子供だもの、サクのことはやッぱり可愛いと思うわ。でも、もう、二人は別れる時が来たンだよ。ママはそう思うの……。ママのサクは、サクが小さいボーイの時だけだったンだわ。もう、サクは大きくなったンだし、サクだってママを他人らしい眼で見る大人の眼も出来てるンだもの……。ママもサクもこんな風な親子だったンだね。ママはもうこのまま埋もれてしまうなンて気はないンだし、まだ、充分働く気はあるのよ。ママは君の意地悪さにあっては、駄目になっちまうンだもの。サクはママにとっても重荷だし……」作男はほつれた外套のポケットから煙草のケースを出してたまえにすすめた。たまえは煙草を一本取って唇に咥えた。作男も一本咥えてマッチをすると、たまえの煙草にも火をつけてやった。「いいよ。じゃア栄子のところへ行くより仕方がないけどいい？」栄子と云われて、たまえは「ああ、そうするより仕方がないの。ならそうするンだわ。お母さんが食べさせられないとなると、あんたは栄子に食わして貰うのかい？　女にばかりたかってないで、どうして一人前の働きが出来なくなってるのかね。栄子が君に夢中だっていっても、あの女のことは当てにはならないし、第一君とは年も違うンじゃないか……ママは人に聞かれて恥ずかしくなっちまうわ」

たまえは、台湾の台北の生まれで、父は鉄道の方へ勤め、官吏《かんり》の娘としてきびしい教育を受けたが、アモイの神学校を出て、台北のたまえの知人の家に一ヶ月ほど滞在していた伊部直樹と知りあい、伊部とかけおちのような状態で二人は東京へ出て来た。たまえは十九歳で、女学校を卒業した翌年の春であった。雑司ヶ谷《ぞうしがや》の老松町《おいまつちょう》に、二人は家賃十五円のささやかな家を持って、そこでたまえは作男を生んだ。伊部はアメリカへ行きたい志望だったが、家が貧しかったために、そうしたアメリカ行きも思うようにならず、宗教雑誌の編輯《へんしゅう》なんかを手伝って細々一家を支えているというありさまだったけれども、たまえの女学校友達の大川多津子が音楽学校へ這入《はい》るについて、試験勉強のために上京して来た。たまえの二階を借りているうちに、伊部はいつの間にか多津子と、たまえの目をしのぶ仲になっていた。二ヶ月くらいして、たまえは二人のただならぬ仲を知って、半狂乱のようになり、多津子を毎日責めたてていた。多津子はおとなしい女であった。伊部との関係が出来てからは、日に日に元気がなくなり、音楽学校志望もいつの間にか挫折してしまって、ぐずぐずな暮らしかたに気持ちが落ちぶれていた。一つ家に住んでいるに耐えかねてか、多津子は本郷《ほんごう》の動坂《どうざか》に三部屋ばかりの小さい家をみつけて引っ越して行った。動坂といっても田端《たばた》の地蔵様の近くで、このあたりは下町に通っている問屋筋《とんやすじ》の勤め人の多いところであった。たまえの留守に引っ越したのだけれども、いつの間にかたまえは動坂の家も嗅《か》ぎあててしまい、押しかけて行って多津子の髪を引きずりまわすような騒ぎがあったりして、多津子は動坂へうつって半年もしないうちに、その家でガス自殺をしてしまった。伊部はすぐ職をやめて飄然《ひょうぜん》とアモイへ去って行き、アモイから馬来《マレー》へ行き、クァランプウルというところに行っているという風のたよりを聞いた。それは昭和三年の頃であった。たまえは伊部を憎み、死んだ多津子をいつまでも憎んだ。たまえは眼や鼻のあたりに雀斑《そばかす》のあった多津子の色白な顔を思い出すたび、ガスのゴム管をくわえていたという死のおもかげがいつまでも胸から忘れ去ることが出来なかった。たまえは、作男の眼もとにも薄い雀斑があるのをみて、何となく、多津子の恨みが作男にとりついているようで厭な気持ちだった。――たまえは伊部の知人を頼って、宗教雑誌の編輯の手伝いをしたりしていたけれども、親子二人に女中を置いての生活は楽ではなかった。台北の実家とも絶縁の状態だったので、たまえは、色々な男を綱渡りのようにしてあぶない暮らしを立てていた。――子供から少年になって、物心ついて来た作男の眼には母の生活が不可解であり、少年のけっぺきさからいっても気持ちの悪いものであった。たまえは、中学生の作男に姉さんと云わせていた。女中もおかない二人暮らしになってからは、作男はいつも泊まって来る母を呪《のろ》っていた。二人は長い間毒づきあって暮らしていた。作男は家庭生活に失望して以来、学校のような集団的な、人間のかたまりの中に進んで行くには、あまりに気が弱く、学業もおこたりがちで、中学をやっと出てからも、B学院に籍を置いてのらりくらりたまえのすね齧《かじ》りで暮らしていた。戦争中も軀が弱いところから、勤労動員にも出ることなく、うまくそうした規則からはずれたところで、たまえとともに転々と居をうつしていた。終戦後、高円寺の知人の家の一間を借りてたまえは作男と二人で暮らしていたが、たまえは新聞の募集に応じて、池袋の連れ込みホテルの女中頭のような仕事をみつけて通っていた。ホテルへ来る闇屋仲間にも這入りこんで、上手にハクライの薬の売買に手をつけて、少しずつ金も貯《たくわ》

えていったのだけれども、せっかく一息つくほどの金が貯《た》まると作男が持ち出しては
その金をつかい果たしてしまう状態で、たまえと作男の間は日々とけわしいものにな
り、たまえは時々、作男を殺してしまいたいと思うようになっていた。伊部は死んだ
のか生きているのか、もう二十年あまり何の消息もない。——作男はこのごろ女をつ
くっていた。ダンサアで良人のある女だということを作男はぬけぬけと、たまえにの
ろけて聞かせた。たまえは、ある日偶然に早く家に戻って来て、作男と寝ている女を
みつけると、遠い昔、多津子にしたように、その寝ている息子の女の髪の毛を引きつ
かんで荒い言葉で怒鳴《どな》りちらした。女はたまえの剣幕におそれをなして二度とは来な
かったけれども、良人とも別れて、作男と同棲しようと迫るのだと作男がたまえに厭
がらせのようなことを云うのである。作男は、別に、恋愛の気持ちでその女が好きだ
というのではなかった。ただ、食べさせてくれる便利な女として彼女を選んだに過ぎ
ないのである。作男は奇矯《ききょう》な母に育てられて、本当の恋愛というものを知らなかった。
早くから老人くさいものぐさな気質で、何事も女の方から持ちかけて来るのを待つと
いうなまけものの根性を養われていた。
「ママが俺と別れたいと云うのなら別れてもいいよ。だけど、今日からすぐってわけ

にはゆかないね。——俺だって栄子のところへ相談に行かなくちゃならないし、簡単にはゆかないよ」たまえは、作男と別れてしまえば何事も自分一人の自由になると胸算用を始めている。富田とわざわざ高い宿賃を払ってあいびきする必要もない。この部屋を幾分かでも居心地よく模様替えしてみたいのだ。縁側から掃き出すゴミが、狭い庭に山のように積まれている。野良猫が来て、よくゴミのなかをつつき散らしていた。狭い庭前の椹《さわら》の垣根も枯れっぱなし、一度は破れた垣根からこそ泥がはいって、たまえのただ一足の靴を持ち逃げされたこともある。あまりだらしがないので、家主の台所は使用禁止になっていた。たまえは、この二、三日風邪で寝ついていたが、年のせいなのか、実際何をする元気もなく寝ついていた。もう、じき正月が来るというのに、ここだけは何の気配も感じられなかったし、餅一つ祝う気もたまえは考えなかった。

出掛けるつもりで、たまえは支度をしたものの昨日の雨あがりの泥ンこの道を下駄《げた》ばきで街に出るのも気がひけた。「サクは、本当に勤める気はないのかい？」作男は肩をゆすぶって小さく口笛を吹いていたが、「勤めたくないよ。みンな厭なンだ。こうして生きているものの退屈なンだよ。だけど、やっぱり、ママか、栄子かそばにちらちらしていてくれないと淋《さび》しいンだよ。喧嘩相手でもないよりはましだね」そう云ってくすりと笑った。「何か闇の商売でもする気なら、富田さんに頼んでやるけど、商売でもしてみない？」作男はしばらく肩や膝《ひざ》をゆすぶっていたが、「桜井の兄さんの世話で、渋谷で桜井と万年筆を売ってみたンだけどてンで売れやしないもの、馬鹿馬鹿しくなっちゃった。商才がないからてンで売れやしない。栄子に頼んだら六本も売ってくれたけど、やっぱり縹緻《きりょう》のいい女が売った方が売れるよ」たまえは、自分の女を縹緻がいいと思っている作男をぬけぬけとよくものろけられるものだとおかしくなっている。「へえ、栄子が縹緻がいいのかね。あンなおでぶさんがどこがいいンだい？水ぶくれみたいじゃないのさ……」「僕には美人にみえるンだからいいンですよ。餅肌で、下腹がすべすべしていて、とても綺麗《きれい》な肌ですよ」「君は始めて女を知ったからそう思うンだわ」「だって、ママの若い頃だって、あンなに美しくはなかったな……」たまえは呆《あき》れて、縁側を開けた。空が晴れ渡っていた。黒い畑地に湯気が舞い立っているように、ぽかぽかと暖かい。たまえの干した軒先の赤い下着が、柿の皮をむいたようによじれて吊りさがっていた。何日も干しっぱなしのせいか、薄汚れてみえる。

夕方になって、たまえと作男は外へ出かけた。たまえは作男とは反対の吉祥寺へ行った。広い軍道路へ出て、公園の方へ近道をして、雪の家へ行った。すぐ富田の家へ番頭に電話をして貰ったが、富田は二、三日前から出張で正月三日頃でなければ戻らないという返事だった。暮れにはぜひもう一度雪の家で逢うことになっていたのでおかしいと思い、茅場町《かやばちょう》の事務所に自分で電話をしてみた。富田さんはずーっとお風邪でこの四、五日お休みですという女事務員の返事である。どっちを信じていいのか判らなかったが、たまえは、暮れになってこうした思いをすることにやりきれない焦《いら》つくものを感じた。下連雀《しもれんじゃく》の富田の家の近くへ行き、暗くなるまで、曲がり角の塀《へい》のそばに立って門から出て来る人を見張っていた。若いモンペ姿の女中が出て来たので、たまえは会社からの使いのような口のききかたで、「富田さんに会社から参ったのでございますが、ご在宅でしょうか?」と聞いてみた。「あら、旦那さまはご旅行なンでございますよ。会社の用で、正月二日頃お帰りなンでございますけど……」「まア、困りましたわねえ、私、会社から至急って用事で参りましたンですけど、じゃア、会社のご用向きの出張とは違いますかしら?」「本当ですね。不思議ですね。ちょっと、奥さまにうかがって参りますから……」女中が門の方へ戻って行った。たまえはさっさときびすを返して、暗い小河添いの水の匂いのする道を急いで駅へ行った。高円寺で降りて気が変わった。ふっと思いついて神山氏のところへ寄ってみたが、神山は風呂上がりの艶々した顔で食卓についていた。神山は数の子で一杯やりながら、「やア、奥さん、どうです？」と盃《さかずき》をさしてくれた。神山の細君《さいくん》もさっき、美容院でパアマネントをして貰って戻ったのだと、アップに結った首筋を寒そうにしていた。「いつ来ても、ここは愉しそうで羨《うらや》ましいわ。篤子さん幸福だわね」神山の細君の篤子は、たまえと台北の女学校での同級生で、たまえとは終戦後同じ高円寺に住む間柄で親しくなっていた。神山は丸の内の経済雑誌に勤めていたので、作男を何とか世話しようとしてくれたのだけれども、類《たぐ》いまれなる太々《ふてぶて》しい態度に驚いてしまい、それからは、作男君を世話しましょうとは一度も口にしなかった。篤子は、遠い以前、同級生の大川多津子が、たまえのためにガス自殺をさせられたことのあるのを知って、気の強いたまえに対しては、あたらずさわらずの交遊をつづけていたが、みすみす落ちぶれてゆく友達を見ていては素気《すげ》ないことも出来ないのであった。篤子は皇后陛下に似ていたので、皇后さんというあだ名で家の者達に呼ばれていた。たまえも神山にさされる盃を受けて二、三杯よばれた。「たまえさんも、まだ老いこむには早いンだが、どうして早く結婚しなかったのかね?」「子供がいるからですよ」「子供がいるからってかまやしないでしょう?」「いいえ、とてもうちのサクは意地が悪いの。私のそうしたことを常に警戒してて、ぶちこわすンですものね」「そンな馬鹿なことってないなア……子として母の幸福を願うのはあたり前だもの」「ええ、でも、家《うち》のは違うのよ。変質者なンだわ」たまえは、暗くて冷たい我が家へ戻る気がしなかった。寝て空想している時だけは、一応は元気のいいことを考えているのだけれども、いざ、現実となってみると、どこにも面白いことはなかった。愉しそうに男と歩いている若い女のはつらつとしたところを見せつけられるたび、たまえはまるで同年配のものに対するような嫉妬《しっと》を感じた。どんなにしたって、もう自分にはああした若さはないのだ。どうしてこんな風に速く年をとり、落ちぶれてしまったのか、その実相が自分でも判らない。ただ、作男のために自分の人生が台なしにされたような怒りを感じる。人間の思いというものはいろいろなことを考えてはいるけれども、結局はどの人間もみんな欲《よく》の道をたどっているに過ぎないのだ。神山の家の賑《にぎ》やかな食卓の前に坐っていても、あわよくば神山夫妻の好意によって晩飯をよばれたいという気がたまえにはあった。ここで夕食をして帰れば、帰って寝るきりである。それにしても、逢えないとなると富田がひどく今夜はなつかしかった。もう二人の間も終わりかもしれない。いつか、富田が、君の軀も随分骨張って来たねと云ったことがあった。たるんだ腕の皮膚なんか、きつくつねりあげてみても以前のようにすっともとへ戻るようなことはなく、しばらくつままれた皮膚が疲れたゴムのように皺ばんでいる。軀を何とかして鍛えたいと思いながらも、すぐ生活にかまけて一日一日がものぐさになり、たまえは作男と云い争うことのみに暮れていた。夕食をよばれて神山の家を出たのは九時頃であった。あつかましいよばれかたであったせいか、神山夫妻は玄関へも送っては出なかった。人家の途切れた杉の森のちょっと続いた広い通りをたまえはゆっくり歩いた。霜冷《しも》えのする寒い風が吹きつのって、澄みきった空に細かい星が無数にきらきらと光っていた。背の高い男がすたすたとたまえの後からついて来る。たまえは多少の希望を持った。呼びとめられる可能性を己惚れて空想していた。物思いに沈んだ様子でゆっくり歩いた。郵便局の前まで来ると、後からついて来ていた男はすっとたまえの横を通ってちょっと電柱の灯火に透かすようにしてたまえの顔を見て、そのまますたすたと遠ざかって行った。若い男であった。たまえは何となく裏切られたような気がした。

家へ戻って、裏口から硝子《ガラス》戸を開けると、電気コンロが暗闇に一ツ目小僧のように光っていた。作男が蒲団にもぐりこんでいる様子である。「サクなの？」「ああ」「どうして戻ったのよ？」「栄子が今日は駄目だって云うンだよ」灯火のスイッチをひねると、作男が泣き腫《は》れたような眼をしていた。「あぶないねえ、何かやかんでもかけとくといいンだよ」「ママ、煙草ないかい」「ないわよ。働きもしないくせに煙草を吸うなンて柄じゃないわ」寒いのでたまえも薄い万年床へ外套をぬいでそのままもぐりこんだ。「帰りに桜井のところへ行ったら、俺に北海道に行かないかって云うンだ。炭坑《たんこう》の事務所で働ける口があるンだってね、社宅もあるし、配給もいいって云うンだけど」「まア、耳よりな話じゃない？　行けばいいわ。学歴はいいの？」「いいかげんなこと書いとけばいいンでしょう……」「そンなところへ行って少しは軀を鍛えて来るといいンだわ。場所はどこ？」「美幌《びほろ》」「へえ、これから寒いンで胸の悪いものにはちょっとこたえるかしらね」「ママは俺がそんなところへ行けば嬉しいだろう？　厄介払い出来るしね……」「そうそう、何でもサクの思ってる通りだと思えば間違いはないさ……ママはひどい女なンだから、お前がいないとせいせいするだろうよ」たまえは奥の方で麻雀《マージャン》の音をがらがらさせているのを耳にして癇《かん》にさわっていた。「美幌へ行けば死にに行くようなもンだ……」「そンなことはないわ。かえって東京で暮らすよりはいいかもしれないし、いいことがあったらママも呼んでちょうだい……ママもつくづく東京が厭になったわ」消防自動車のサイレンがううう……と唸《うな》りながら、畑の向こうを地響きして通り過ぎて行った。「ねえ、サクちゃん」「何だよ?」「ママ、とても淋しいよ。ママのこの淋しさサクには判ンないだろうけど……ママ、今日とても厭な気持ちになっちまったわ。ママは勝気だから随分損をして暮らしたけど、何だか生きてるの厭になったなア……もう、どんどん汚くなってゆくし、昔の元気はないね。サクは男だから男の気持ちは判るだろうけど、男って無情なもンだね」「思い知ったのかい?」「ああ、思い知ったよ。男と女って、ただ、若い時だけかね? そンなものかね? パパだって、お前を捨てっぱなしで行きたいところへ行っちまうしさ。女には惚れっぽくて、無責任で、ママはつくづく人間ってものが哀《かな》しくなっちゃったわ」「金があればいいんだよ。神様は人間にうまいものを発明させたものだよ。問題は金さえあれば何でも解決がつくンだ。栄子だって、金さえあればいますぐにでも亭主と別れるッて云ってたよ」たまえは、爪に紅を塗った指を扇型に拡げて、じいっと眺めていた。薄汚れた小皺のよった手が、男には見せられないという図である。「サクは、本当はいい人間なンだか、悪い人間なンだか判らないね」「俺は悪い人間だよ」

「そうでもないさ。まだ、二十二だもの悪い経験もあまり積んじゃアいないけど、金持ちの娘でもだませないものかね……」「ふふん、俺は、娘なンてきらいだよ」「そりゃア持ったことがないからそう思うのさ」「ママは悪党だな……」「そうね」たまえは、悪いことならどんなことでもいまはかまわないような気がした。いま十年も経てばそうした気力もなくなってしまうのだ。偽善の道徳というものに、まだみんなが迷っているような気がする。偽善のなかで、支配や権力や富の好餌《こうじ》を得ようと人間はししふんじんの勢いでいる。その人間達の生活力のなかには、湯気の立つような和楽《わらく》がある。笑いがある。だが、たまえ親子にはいまは何一つ希望はなかった。親と子のつながりさえも……。「行く気あるのかい?」作男は返事もしなかった。黙って、天井を見ていた。たまえは、作男と添い寝をしていたのはいつ頃まであったろうかと考えてみる。六ツくらいの時から作男の肌にふれたことはなかった。作男はいつも独りでおとなしく眠っていた。世間並みの幸福も知らなければ、世間並みの礼儀も知らなかった。作男を遊山《ゆさん》に連れて行くことも一度もしたことがない。そのくせ早熟で、十六、七歳くらいの時から、独りで軀を愉しむきざしをたまえは知っていた。人間が何も愉しいことがなければ、自然にそんな風なところへ落ちてゆくことになるのだろうと、たまえは知らないふりをしていた。今夜も、どこで食事をしたのかともたまえは作男に訊《き》いてやらなかった。

二日ほどして、作男は本当に北海道行きの支度をした。栄子から三千円の手切れの金のようなものも貰って来た。「いつ発つの?」「三十日の晩の汽車。桜井と二人で行くンだ。もう、帰って来ないよ」「ああ、お互いに元気でね……」たまえは、始めて涙が溢《あふ》れた。別に引きとめたい涙ではなかったけれども、本能の涙が溢れるのをたまえは自分ながらしみじみしたものに思った。——出発の夜、暮れの賑やかな銀座の街を歩いてみた。「馬鹿に女が綺麗だな」「北海道にだって美人は沢山いるよ」「都会の女はやっぱりいいね。これで、みんな男が出来るンだろうな……」たまえと作男は肩を並べて歩きながら、友人のような話しぶりで歩いていた。「もう、雪で寒いだろうね?」「さア、行ってみないことには……それでも、石炭を焚《た》いたストーヴにあたれるンだから豪気なもンだよ」「私は台湾生まれで寒いとこ、東京より知らないけど、雪の深いところってちょっとロマンチックでいいじゃアないの……」「ロマンチックか。住めばそうもゆかないだろう……これからママはどうするンだい?」「ますます年を取って行くだろう。もう昔の通りにはゆかないものね。長い冬の間、ママは時々ゼンソクで苦しめられて、そして、ぱったり逝《ゆ》くかもしれないわ」作男は煙草店で光を二箱買って、一つをたまえの手に握らせた。「もう、ママも男は出来ないね」「そうね。もう、駄目だわ、どんな芽も出っこないわ。まだ、時間あるの?」作男は洋品店のなかを透かして時計を見た。「まだ大丈夫だ、二時間はある」「私、送って行かないよ?」「ああ、その方がいい。栄子が送りに来るから、その方がいい」「栄子とは別れをしたの?」「うん、今朝行った。そこンとこのコロンバンで待ってることになってるンよ」たまえは下駄の足で立ちどまった。栄子を見る気はしない。ふっと、いろいろな気持ちが胸の中に走って来た。「ねえ、もしも、ママが変わったことがあっても、帰って来ないでいいからね……ママのことだから、かあっとなって死にたくなる時があるかもしれないわ。それでも、サクは来ないでいいよ」作男はあごでうなずいた。ほこりをかぶった虫喰いのベレー帽を被っているのが、たまえには吾子《あこ》ながら貧弱に見えた。たとい人妻にしたところで、東京の別れに女のいることはせめてもの作男の倖《さいわ》いであろうかと、たまえは、作男の手を握った。作男は案外力のない握りかたですぐたまえの手を離した。「当分逢えないけど、元気でね。ママは筆不精だから手紙書けないわよ」並木通りのコオヒイの匂いのする茶房の前で作男はそのまま風呂敷包みをさげてさっさと暗い方へ消えて行った。たまえは一、二度振りかえったが、夜霧《よぎり》ですぐ作男の後ろ姿を見失っていた。——もう、一切《いっさい》が自分独りなのだと、たまえは肩を張って深く息をついた。暮れの街裏まで人通りが多くて、青い光の下で、銀色の鮭《さけ》がぶらさがっている店や、マヌキャンが黒ビロードの布を両手にたらしている陳列が流れのようにたまえの眼にうつろにとまった。昔から暮れの街は少しも変わらないような気がする。たまえは、何ということもなく、この激しい街のどこかで息を引きとる自分を考えていた。そうしたことだけが自分の最後の青春のように思えた。風に吹き消されて、燭《あかり》が消えてゆくような聯想《れんそう》がたまえの瞼に浮かぶ。師走《しわす》の夜の街に、日本髪に結った娘と二、三人の子供達が騒ぎながら羽根をついていた。軒灯《けんとう》の明かりで、白い羽根が消えたり光ったりしていた。——四丁目の通りへ出て、人が黒山のように群れている森永の前で、たまえは、店員が声をからしながら、「ええ、昔なつかしい森永のベルベットでございます。いかがでございますか」と云う声を聞きながら、人混みの間から、光ったセロハァンの包みをすっと盗《と》ってポケットに入れた。非常に快感を覚えた。瀬戸物屋では、たまえは人混みにまぎれて、九谷《くたに》の可愛い醤油瓶《しょうゆびん》を一箇《こ》盗んだ。誰にもみつからないということよりも、ポケットの重量が気持ちよかった。仮面《めん》をかぶって歩いているような気がした。ふっと、生きていることも愉しい気がして来た。息子と別れて自由になった気持ちのなかに、たまえは、急に年若くなったような気がして、数寄屋橋《すきやばし》の薄暗い通りへ来ると、セロハアンの袋から一粒のベルベットを出して口に入れた。広告灯から甘い流行歌のメロデイが流れている。朝日新聞の電光ニュースは、議会解散をきらきら空に光らせて忙《せわ》しく右へ走って行った。

# 夕焼け

吉野弘

いつものことだが
電車は満員だった。
そして
いつものことだが
若者と娘が腰をおろし
としよりが立っていた。
うつむいていた娘が立って
としよりに席をゆずった。
そそくさととしよりが坐った。
礼も言わずにとしよりは次の駅で降りた。
娘は坐った。
別のとしよりが娘の前に
横あいから押されてきた。

娘はうつむいた。
しかし
又立って
席を
そのとしよりにゆずった。
としよりは次の駅で礼を言って降りた。
娘は坐った。
二度あることは　と言う通り
別のとしよりが娘の前に
押し出された。
可哀想に
娘はうつむいて
そして今度は席を立たなかった。
次の駅も
次の駅も

下唇をキュッと噛んで
身体をこわばらせて――。
僕は電車を降りた。
固くなってうつむいて
娘はどこまで行ったろう。
やさしい心の持主は
いつでもどこでも
われにもあらず受難者となる。
何故って
やさしい心の持主は
他人のつらさを自分のつらさのように
感じるから。
やさしい心に責められながら
娘はどこまでゆけるだろう。
下唇を噛んで

つらい気持で
美しい夕焼けも見ないで。

# 耳かき抄《しょう》

木山捷平

# 一

今から七、八年前、昭和二十一年夏から二十四年春まで私は備中《びっちゅう》に疎開していた。ところがこの疎開というのが厳密に言えば、疎開というのとは少し違った。なぜなら私は昭和十九年の十二月、一大発心して、中国の旅に出掛けたのであったが、運悪く知らぬ異国で終戦に遇《あ》い、とどのつまり、日僑俘《にっきょうふ》第何千何百何十何号という札を胸にぶらさげて、佐世保《させぼ》に送還されて来たからである。

佐世保では、東京行きの切符をタダでくれた。それで東京行きの汽車に乗ったが、妻子は多分備中に疎開しているだろうと思って、途中下車してみたところ、果たしてそうだったのでしばらくそこに滞在することにしたのである。

が、九日目の朝、

「おい。明日は弁当を作ってくれ。切符の通用期間が明日で切れるから、いよいよ東京に帰ることにしよう。長い間、世話になったなあ」と私は細君《さいくん》に言った。

「何、言ってらっしゃるの。ここはあなたのお家じゃありませんか。誰にも気兼ねなさることないわ」

「そうかなあ。でも、おれは何となく気がせくんだ。東京から出発したものは、東京に帰着せんければ、気持ちの筋が通らないんだよ」

「筋は筋でも、あの家、もう焼けてないんですよ。家のないところへ帰着しても、意味がないわ」

「駅はあるんだろう。高円寺の――」

「駅はあるでしょう。半分、焼けるのは焼けたけど」

「じゃ、あの駅まで帰着することにしよう。忘れもしないが、一昨年の十二月二十六日の朝、警戒警報が出ている最中、お前があそこの改札口までおれを送ってくれただろう。おれはあの時滅茶《めちゃ》に睡《ねむ》かったよ。それで随分顰《しか》めっ面《つら》をしていたはずなんだ。だから、もしも生きて日本へ帰ることがあったら、おれはあそこでお前に、にこっと一つ、笑ってやろうと思っていたんだ」

「まあ、どうもすみません。だったら、ここでにこっと一笑いして下さいよ」

「ここでは出来ん。あそこでしたいんだ」

「だって、あそこにはわたし、いませんよ」

「いても、いなくても、いいさ。手を握るんじゃあるまいし、おれは今、明日弁当を作ってくれと頼んでいるだけなんだ」

私が語気を強めると、細君は闇煙草を巻いていた手を休め、

「お弁当はいつでも作って上げますよ。だけどあなた、その体の調子で、汽車に乗れますかしら？」

と、枕一つで畳の上にごろ寝している私の顔を窺《うかが》った。

私は猛烈な下痢《げり》を起こしていたのである。帰る匆々《そうそう》、一年間の空腹の埋め合わせのように、米の飯を八、九杯も一度に掻《か》き込んだのが、そもそもの原因であった。細君はどこから聞いたのか、食べ過ぎがもとで死んだ帰還者の先例にかんがみ、飯をかくし始めた。が、隠せば顕《あら》わるるで、私は台所にしのび込んで飯を捜《さが》し出してぱくつくと、それが瞬《またた》く間に胃腸を素通りして、外に排出するという工合《ぐあい》であった。で、窃《ひそ》かに考えてみるのに、これは胃腸のやつが健忘症にかかって、米の味覚を失念しているのであるから、再び胃腸が米の味覚に目醒めるまで、出れば食い、食えば出るからまた食い、してやったところ、とうとう私の療法は効を奏して、ある日下痢がぴたりと

とまった。

とまるのはとまったが、それが切符の通用期限より二日遅れた。それがもとで、せっかくの弁当も有耶無耶《うやむや》のうちに葬られ、その後足掛け四年間も、私はそこに停頓《ていとん》する羽目になったのである。

むろん、切符は破棄したが、私はどこからか入婿《いりむこ》に来たような感じは拭えなかった。なぜなら、私の家には既に父母はなく、よそものの細君がその家に住みついていたり、東京生まれの子供が藁草履《わらぞうり》をぺたぺた、村の学校に通ったりするのが、理窟《りくつ》を越えて不思議でならなかったのである。のみならず、僅《わず》か一年半の間に細君の顔には歴然と後家の相があらわれていたので、私は子供のある後家の家に、養子に来たような気持ちは募《つの》るばかりであった。

ウップンを晴らすため、私はちょいちょい、三里離れた町まで出かけた。一杯やるためにである。そして私がこれから書こうとする話は、弁当話の時よりすれば、およそ一年半くらいたった頃のことである。

二

ある朝のことであったが、私は郵便配達から切手を二枚もはった部《ぶ》厚《あつ》な封書をうけとった。あけてみると半ペラの原稿用紙が七枚もあらわれ、その紙の上には、私の先輩知友の名前が十二、三人、おのおの、田舎住まいの私を鼓《こ》舞《ぶ》激励するみたいな文句が、躍《おど》っているのであった。たとえば、

『正介よ。なつかしく思えば、早く出て来い、来い』

『月を待つ心は人を待つ心』

『ぼくは酔った。これだけです。です。です。です』

『正介と将棋さしたし東京を恋いて泣くとうことの悲しも』

どこで飲んだのか、いずれは阿佐ヶ谷あたりの隠れ家であろう。酔《すい》筆《ひつ》朦《もう》朧《ろう》とした文句を一瞥《いちべつ》した私は、その場の情景が目に浮かんで、今すぐに見てはならぬものを見たような気分が勃然《ぼつぜん》とわいて、急ぎ寄せ書きを封筒に収めると、

「おーい」「おーい」

と、細君を呼んだ。すると、台所の土間で碾《ひ》き臼《うす》をひいていた臼の音がぱたりと止

んで、家の中がシーンとして、

「なんですか」

だが、私は暫時《ざんじ》沈黙していた。亭主の沽券《こけん》を重んじるためである。

「なんですか」と再び細君が訊《たず》ねた。

がもう一度、黙っていると、私の気持ちを察した細君が、声をかけた。

「また、耳かきですか」

耳かきというのは、私が町へ一杯やりに出かける時の、隠語であった。言わば人には知れぬ符牒《ふちょう》のようなものであったが、私の家には耳かきの備え付けがなかったので、つねづね私はそれを欲していたのである。それで、今度町へ出た時には、兎《うさぎ》の毛のついたのを一つ買って来ようと思いながら、いざ町へ出てみると、別に備え付け必要の備品でもないように気持ちが変わって、またこの次の時にしよう、と思いなおして、買わないで帰るのがお極《き》まりであった。

「そうだよ。大急ぎで、自転車の空気を入れてくれ」

私はせかせかと細君に命じた。

すると、私の命令に従って、自転車の空気を入れる音がシーンとした家の中に、スースー聞こえた。

この自転車ポンプは、ひどい骨董《こっとう》品で、機械のピストン力が微弱で、自転車の前後車に空気を充満するには、優《ゆう》に三十分間を要した。しかも、ポンプに呼応して、自転車そのものが、がたがたのおんぼろときていたが、我が家の交通運送力には掛け替えのない代物であった。

もっと詳しく説明すると、その自転車は私が年少の頃の使用品で、ラージという舶来品であったが、久しく物置に放置されたままになっていたのを引きずり出してみると、車体のほかは腐朽《ふきゅう》していたので、やむなく細君が長襦袢《ながじゅばん》類を売り払って部分品を取りかえ、やっと乗れる物になっていたのである。

だから私が家を出ようとすると、

「気をつけて、ね」と細君が念を押した。

知らぬ人が聴けば、私が怪我でもしないようにと言う思いやりにきこえるが、いやそれもあるのはあるが、それ以上に、私が酒に酔っぱらって、自転車を盗まれたりしないようにという注意が、多分に含まれているのであった。

「解ってるよ。子供じゃあるまいし、ちえッ」

言いすてて、私はペダルを踏みしめた。

しかしその時より少し前のことだが、村では新任の新制中学の校長先生が、買ったばかりの新品の自転車を盗まれて、一時それが村中の大評判であった。と言うのは、校長先生の自転車は半分だけ代金を支払って、あとは月賦《げっぷ》になっていたのはともかく、その盗まれ方が意想外だったからである。

なんでもそれは、町の地方事務所で催された校長会議の帰りで、北風の寒い夕方だったそうだが、校長先生は一所懸命北風に抗して自転車を踏んでいると、同じように自転車に乗った青年が、向こうから走って来た。向こうは追い風だから、景気がいいったらなかった。校長先生は終戦後交通は対面になっているのを思い出し、左側に車をよけると、向こうは何を勘違いしてか右側によけて来た。で、あッという間に車が正面衝突して、校長先生も青年も往来の上に投げ出されたのである。

「どうも、すまんなあ」と校長先生は、年長の美徳を発揮して、ころんだまま詫《わ》びを言った。

が、何しろ四十すぎた初老の校長先生は、身体の敏捷《びんしょう》を欠いていたので、痛む腰をさすりさすり起き上がってみると、相手の青年はいつの間に起き上がったのか、三、四丁も先を疾走しているのが見えた。

「おや！」

と、校長先生は我が目を疑った。そしてさっきは一人だったはずの青年が、二人になっているのに気づいた。そう気づくと、さっきの青年の乗った自転車の後ろには、もう一人の青年が荷物になって腰かけていたのが思い出された。が、その時は既に遅かったのである。

「おーい。こらア。自転車を返せ」

校長先生は身分も地位も忘れて、大声で叫んだが、二人の青年は悠々と二台の自転車にまたがって、何処《いずこ》ともなく姿をくらましたのである。

三

その遭遇の場所を、私ははっきり知らなかった。が、あの頃は冬枯れの殺風景だった周囲の風景が、どこもかしこも春になって青々といきづいて来た県道を、南に三里、がたがた自転車をとばして町に着くと、私は一路大角屋という旅館に向かった。その旅館は戦時中、学童を収容して以来廃業していたが、今ではそこに、私の友達の関口という画家が、東京から疎開して来ていたからである。

大角屋につくと、私は裏手にまわった。そして裏口からだだっぴろい土間に入ると、関口の奥さんが赤い襷《たすき》掛けで、キーキー、車井戸の綱をたぐっているのが見えた。

「奥さん」と私が声をかけると、奥さんはびっくりした顔でふりかえり、

「ああら。いらっしゃい。いますよ。今日あたり、木井さんがお見えになるのじゃないかって、さっき話してたところなんですよ」

と天窓からさし込む光線のなかで、にこっと笑った。

「悪友遠方よりあらわる、ですなあ。ではまた二、三時間、ご主人を拝借することにしますか」

受け答えしながら、私は自転車の鍵をかけ、勝手知った大角屋の階段を上った。

ところが、廊下づたいに、廊下の一番奥にある関口の部屋まで行くと、関口は障子《しょうじ》をあけひろげて、部屋の中に画架《がか》をたてかけ、画を描いているのであった。私はさっきの奥さんの言葉に裏切られたような気が起きて、

「なあんだ。仕事中だったの」

と挨拶《あいさつ》がわりに声をかけると、

「いや、いいんだ。ちょっと、つついていただけなんだ。……這入《はい》れよ」

と、関口が弁解して、たった一つしかない椅子をひきずり出して私にすすめた。で、私は椅子に坐って、額の汗をふきながら、今まで関口がつついていたという六号ばかりの絵を眺めた。その絵は欠けたお月様を二つ並べたような、赤と青と黄をごたごた塗りつけた、何を描いたのか一向要領を得ぬ絵であった。

「いったい、それ、何を描いてるの？　変な絵だなあ。変と言っちゃ悪いけど」

私が打切棒《ぶっきらぼう》にこうきくと、

「変なもんだろう。何に見えるかね？」

と、関口は反問して、にたにた顎《あご》の無精《ぶしょう》ひげをさすった。別に怒った気配も見えないのである。

「何かなあ、お月様とも違うし、そうかと言って茄子《なす》や胡瓜《きゅうり》にも見えないし、唐《とう》もろこしでもなさそうだし、……」

私がしきにり首をひねると、

「おい。ちょっと、失礼。……実はこれなんだよ」

関口はせかせか部屋の隅から一枚の新聞紙を取って、私の膝《ひざ》の上においた。そして自分は便所に出かけたので、私はその地方新聞をひろげると、その新聞の赤インクで印をつけた部分に、次のような記事が載っていたのである。

××日朝七時ごろ××郡××町××の用水池に白髪の老婆が溺死体となって浮かんでいるのを、草刈りに行った農夫が発見した。届け出により××署で調査したところ、この老婆は同町××無職黒岩イチ（六五）と判明した。

イチは数年前夫に死別後一人暮らしであったが、煙草の配給制以来喫煙の味を覚え、自宅裏の空き地に煙草苗十二本を密耕《みっこう》しているのをこのほど専売公社監査員に摘発され、罰金一万二千円に処せられたのを苦にして投身自殺したもの。

一読した私は、配給制度というものに腹が立った。それから、いくら密耕にせよ、まだ一口もすわない煙草の罰金が、一本につき千円とは、ひど過ぎるように思えた。が、それにしてもこの新聞記事が、関口の絵とどんな関係があるのだろう。

解らなかったので、私は立ち上がって、廊下と反対側の窓を開けてみた。すると窓の向こうには内海の石垣の波止場が見え、その向こうに赤土色の肌をむき出しにした岬が見えた。その景色を見ていると、岬の根元にあるトンネルに、上り列車が実にのんびりとした速度で這入って行った。それからあとに残った煙がまたゆらゆらと実にのんびりした速度で、岬の先の方へ消えて行った。

春日《しゅんじつ》は遅々《ちち》として、私はじれったかったが、およそ三十分もすぎてやっと戻って来た関口が、話してくれた実情は大体次のようなものであった。

関口は、一昨日の朝早く、運動かたがたこの用水池のある方へ写生にでかけたのである。そうして偶然この用水池の堤を通りかかったところ、堤の上に古草履が一足、ぬぎすててあったのだそうである。しかしその時は風景捜しに気をとられていて、別に深くは気にとめなかったが、家にかえって来て、何だかそれが気になり出したのだそうである。なぜなら、その古草履の脱ぎ方が棄て草履にしては、どうも少しキチンとし過ぎていたように思われだしたからである。

しかし気にしたところで仕方がないから、わざと忘れていたのだが、昨日新聞を見ると、ちゃんとこの記事が出ているではないか。

「びっくりしたなあ、僕は。実際のところ、僕がこの池の土手を通った時には、この婆さん、池の中に沈んでいたのかもしれないよ。だからその時いち早く引き上げれば、人工呼吸か何かで、助かっていたかもしれないんだ。そう思うと僕は気分がふさいで、頭の中に土手の上にぬいであった藁草履がこびりついて離れないんだ。それで、罪亡《ほろ》ぼしのつもりでこの絵を——これはこれでも、草履のつもりなんだよ——描き出したんだが、結局完全に失敗して、君のいうとおり茄子か胡瓜の出来そこないになってしまったんだよ」

そう言われてみれば、なるほど、その絵は草履に見えて来た。

しかし写生ではなく記憶にたよったので、色も線もごたごたして来たのであろう。私の胸には別な一足の草履が浮かんだ。これはきっと、もう一週間か十日すぎて、もう一度描き直したら、もっとすっきりした絵ができるのではないかと思ったので、そのことを言いかけると、私の発言を封じるかの如《ごと》く、

「おい。パイ一、行こう。随分、待たせたなあ」

と、関口が叫んで立ち上がったので、私もつられて立ち上がった。

階下の広土間には、奥さんはどこかへ石鹸でも買いに行ったのか、姿が見えなかった。何となくそれが好都合であった。そのかわり、ほかの女が三人、ピチャピチャ音をたてながら、洗濯盥《たらい》の前にしゃがみ込んで、六つの膝小僧をまるで競争でもするかのように、耳の高さに突っ立てているのが、いやに印象にとまった。

# 四

行きつけの飲み屋は、石炭くさい匂いのする埋め立て地の、ごみごみした小路の中にあった。表の店には、ラムネや心太《ところてん》やサイダーが並んで、その奥の六畳くらいの座敷が、いわゆる裏口営業であった。裏はすぐ海で、常連の沖仲仕《おきなかし》が、きゅッと一杯一合のカストリを一秒半くらいで呑《の》んで行くスピードが実に素晴らしかった。長年の体験を元にした、最も合理的な呑み方なのかもしれない。

しかし私たちには、そんな鮮やかな芸当は出来ない。積もった不平を吐き出すのに、少なくとも二、三時間は要するのである。

それで二、三時間飲んだつもりで、私達は再び大角屋に戻ると、私は誘われるままに、また二階に上った。それからお茶のご馳走《ちそう》になって、さて、ぼつぼつ引き上げようとすると、

「泊まっていらっしゃいよ。もう十一時半ですよ」

と奥さんが言った。

二、三時間と思っていたのが、いつとは知らず、十二、三時間も呑んでいたのであ

る。が、それは毎度のことで、夜がふけても、急に大雨でも降り出したような時のほか、私は泊まったことはなかった。

「いや、奥さん、僕は絶対帰ります。そのかわりまた必ず来ます。夜道に日は暮れぬと、孔子も言っております。それじゃ、奥さん。お別れのしるしに、僕が朗吟《ろうぎん》をやりましょう。ええと、――

帰らねば、ならぬ家なり、娘なり、帯をしめつつ、なげく君はも……」

ひとくさり朗吟をやって、自転車に打ちのると、私は酔っぱらい運転をはじめた。これも毎度のことで、時々ころぶことはあるが、奇妙に怪我はしないものであった。一度など二丈もある高い勾配からすべり落ちたことがあったが、落ちてもちゃんとハンドルを握っていたほどである。

けれども町を出て半里ばかり行くと、私はどうしても自転車をおりなければならなかった。道が坂になって、その上が小高い峠になっていたのである。

それでその日も、自転車を押して、はあはあ息をはずませて、二、三丁のその坂道を登り、峠の上まで着くと、私は自転車を道の傍《かたわ》らにおいて、自分は草の上に腰をおろした。小休止して一服するためであった。が、軍服のポケットから煙草をとり出して、パイプにつめると、残念なことにマッチを忘れて来ていた。こんな時通行人でもあれば助かるのだが、そんなことは滅多《めった》にないので、仕方がないから、ロシヤの小説などに出てくる嗅《か》ぎ煙草の真似をして、しきりに鼻をすうすう鳴らしていると、私の坐っている前の林の中にパッとマッチの火らしいものが点《つ》いた。

途端に、私は私と同じような酔っぱらいが、休憩しているのかと思った。が、すぐにマッチの火は消えた。が、私はマッチの火が煙草の火に変わるのを期待したが、私の期待ははずれて、何やらよく分からないが、蝋燭《ろうそく》の火らしいものに変わった。

しかし、何の火だってかまうことはない、と思い直した私は、露《つゆ》にぬれた笹の葉を靴先で掻《か》き分けるようにして、林の中に足をふみ入れた。すると気のせいか、明かりは少しずつ私から遠のいて行くのである。が、私は抜き足差し足の要領で、なおもその方へ近づいて行くと、やがて林は尽《つ》きて、その下に用水池が黒々と水を湛《たた》えているのに突きあたった。

その用水池は広さ六十坪くらいの細長いものであったが、池に沿って右に曲がると、草の生えた池塘《ちとう》のはずれの隅のあたりに、灯《あかり》はともっているのであって、その灯の傍らに人間らしい黒い影が蹲《うずくま》っているのが見えた。

私は昼間、関口からきいた、白髪の老婆のことが頭に浮かんだ。すると急に足ががたがたふるえ出したが、しかしもしそれが、これから自殺でもする者であるなら、助けてやらねばならぬ義務を感じて、軍服の上ボタンをはずしはずし、忍び足でその方に近づいて行くと、

「だ、誰じゃ？」

と、不意に向こうから声がかかった。男か女か分からない嗄《しわが》れた声であった。

「ぼ、僕じゃ」

と、私は答えた。さすがに声がふるえた。

すると、やや間をおいて、

「ぼく、甘党か、辛党か」と先方が調子を和《やわ》らげて訊ねた。

「僕は、辛党じゃ」と私は答えた。

すると、また、やや間をおいて、

「それはちょうどええ。まあ、ここへ来なされ。わしが一献進《しん》ぜよう」

と、先方が言った。

私はやはり無気味であったが、声の方に近づいて行くと、一人の年取った僧が袈裟《けさ》

装束《しょうぞく》で、池塘の上に莫蓙《ござ》をしいて、蝋燭の灯の前に端坐《たんざ》しているのであった。

「ああ、ちょうどええ」と老僧がもう一度言った。

「貴公《あなた》はまだ見たことのない顔じゃが疎開者じゃな。まあ、一杯いかれよ。冷やではあるが、これも何かのお引き合わせというものじゃろう」

僧は笑いながら、一合はたっぷり入る茶呑み茶碗を取って、私に差し出した。そして灯かげになっている草の中から一升罎《いっしょうびん》を取って、とくとくと酒をついでくれたので、

「これは、これは、……どうも……」

と、私は相槌《あいづち》を打ったが、気がついてみると、腋《わき》の下にびっしょりと冷や汗をかいているのであった。よく話にある幽霊が私に悪戯《いたずら》をしているのではないかという疑念があったのである。で、私はできるだけ丹田《たんでん》に力を込め、莫蓙のはしに端座し、ちょっと茶碗には口をしめしただけで、下におくと、

「きゅッとやりなよ。きゅッと。きゅッとやらなきゃ、盃《さかずき》は一つしかないんだ」と老僧がせかした。

その語勢に押されて、私は再び茶碗を取り上げ沖仲仕の要領で一気にきゅッと呷《あお》ると、なるほどそれは立派に酒に違いなかった。その証拠にすっかり冷え切っていた五

体が、下地が入っていたせいもあって、一度にぐんぐん、もとに戻って行くのを覚えた。

「なるほど、これはいい酒ですなあ」と私は茶碗を老僧に返して、「ところで、ご院《いん》主《しゅ》様、実は僕はそこの峠で煙草を吸おうと思ったら、マッチを忘れて困っているところへ、この明かりがついたから、火を借りようと思ってやって来たのですが、ご院主様はこんな寂しい場所で、こんな夜中に何の修道をなさっているのですか」

と、さぐりを入れると、

「まあ、修道と言えば、修道じゃのう。いくら齢《とし》は取っても、気味はよくないからのう。実はわしかって、貴公があすこへ突然あらわれた時には、どきッとしたよ」

「それはどうも、恐れ入ります」

「実は、この池で、一昨夜、投身自殺をした者があるのじゃよ」

「ああ、やっぱり。——で、その者は男でありますか、女ですか」

「男じゃよ。男と言っても、もう七十になる爺じゃが。その爺はこの間までこの村の地所持ちであったが、今度の農地異変で田畑を没収されたのを憤慨して、かつては自分の所有であったこの溜《た》め池に飛び込んだのじゃよ。葬式は今日、わしがすましてやったがのう。ところがこんど新しく自分の所有になったこの池の持ち主が縁起をかついで、この池に取り憑《つ》いたかもしれない怨霊《おんりょう》を追い払ってくれと、わしに頼んで来たのじゃよ。わしは怨霊の追っ払いは神主《かんぬし》の所管だろうと言って断ってやったのだが、やはり坊主の方がいいってきかないもんだから、諸行無常《しょぎょうむじょう》、わしはこれからその祓除《はらい》を行おうとするところなんだよ。彦吉のやつ、きっとわしが、インチキをしないかと、家の前の方から様子をうかがっているに相違ないから、こうしてわざと灯をつけてやっているんじゃよ」

「それで、その祓除というのは、昼間やってはいけないんですか」

「それがさ。夜更けの丑満時《うしみつどき》にやらねば功徳《くどく》がないって、迷信があるんじゃよ。だけれど、そこはまた、こちらにしてみれば、お布施《ふせ》というものと不即不離《ふそくふり》の関係があるのでのう。ハ、ハ、ハ」

老僧はこう白状してから珠数《じゅず》をまさぐりながら、一杯機嫌で読経《どきょう》にとりかかった。
観自在菩薩《かんじざいぼさつ》。行深般若波羅蜜多時《ぎょうじんはんにゃはらみったじ》。照見五蘊皆空《しょうけんごうんかいくう》。度一切苦厄《どいっさいくやく》。舎利子《しゃりし》。色不異空《しきふいくう》。色即是空《しきそくぜくう》。色即是空《しきそくぜくう》。

私はゆっくりしてくれという老僧の言葉に従って、ちびりちびり茶碗酒をやりなが

ら聴いていると、老僧は齢にも拘《かかわ》らず、その声は艶々《つやつや》しく、あたりの木々の梢《こずえ》に反響して、

受想行識亦復如是《じゅそうぎょうしきやくぶにょぜ》。舎利子《しゃりし》。是諸法空相《ぜしょほうくうそう》。不生不滅《ふしょうふめつ》。不垢不浄《ふくふじょう》。不増不減《ふぞうふげん》。是故空《ぜこくう》中《ちゅう》。無色《むしき》。無受想行識《むじゅそうぎょうしき》。無眼耳鼻舌身意《むげんにびぜっしんい》。

黒い古池の底に沈んだ星の数々も、キラキラ輝いて、老僧の祓禊《ふっけい》にこたえるかの如くであった。

で、その日、私が妻子のいる家に辿《たど》りついたのは、午前二時か三時頃であった。もっとも、最後の七、八丁は自転車の空気がぬけて、歩いたのである。

## 五

ざっとこんな具合であった私は、足掛け四年も郷里に渋滞しながら、ついに耳かきを買うことが出来なかった。が、前にも言ったとおり、家にいる時には、無性にほしくなったりするくせに、いざ町に出ると、つい駄目になってしまうのである。やむなく、耳がかゆい時には、マッチの棒を代用した。

ところが、それから七、八年もすぎたある日、――実は今朝の夜明けのことだったが、私は変な夢を見た。

その夢というのは、雨のしょぼしょぼ降るある夜更け、私が実際は一度も買ったことのない最近流行のビニール製の雨合羽《あまがっぱ》を着て家に帰ると、迎えに出た細君が、いきなり、

「まあ、厭《いや》だ。それ、何ですか。水くさいったら、ありゃしない。さっさと、退《ど》けなきゃ、金輪際《こんりんざい》家に入れませんから」

と今にも引っ掻かんばかりの剣幕になったのである。

突然のことに私は面くらったが、家に入れば雨具をとるのは当たり前だから、私は頭から雨合羽をぬぐと、不思議なことに私は、その拍子に、一本のマッチの棒になってしまったのである。

で、マッチの私は、細君の耳にマッチの棒を体ごと入れて掻いてやると、私の傍らに寝ていた細君が、ヒ、ヒ、というような声を出して、私は目がさめたのである。

何のことか、さっぱり訳は分からぬが、夢はひっきょう夢であるから、読者諸兄姉《しょけいし》も悪しからずご諒承《りょうしょう》ねがいたいものである。

# プールのある家

山本周五郎

小雨のけむる六月の午後、その親子が街をあるいてゆく。父親は四十歳ぐらい、子供は六歳か七歳であろう。六歳にしても並よりは小さいし痩《や》せているが、父親との話しぶりを聞くと、少なくとも七歳にはなっているように思えた。

親も子もぼろを着て、板のように擦り減った古下駄《ふるげた》をはいている。着ているぼろは袷《あわせ》とも綿入とも区別がつかない。俗にいう虎刈りのまま伸びた頭の毛や、痩せた不健康な顔つきは、極めて普遍的な乞食《こじき》姿であり、実際にもこの父と子は乞食同様の生活をしていた。

乞食同様といったのは、生活のかたちがそうなのであって、内容にはかなりへだたりがあるからなのだ。食物も衣類も他人から貰《もら》うし、犬小屋のような住居で寝起きをしているが、道傍《みちばた》に坐って銭乞いをするようなことはない。中通りとか本通りなどで、女の人がときどき子供に幾らかくれることがあると、子供は「ありがとう」とおじぎをして受け取るが、世間の子供と変わったところはないし、物欲しそうな感じはまったくなかった。――それはまた、父と子の会話にもあらわれている、いま小雨《こさめ》のけむる街を、傘もささずにあるいてゆきながら、二人はいつか建てるはずである自分たちの家について語っていた。

「場所は丘の上がいいな」と父親が云《い》う、「日本人は昔から山の蔭《かげ》とか谷間とか、丘のふところとかね、低いところばかり好んで家を建てる癖があった」

「そうだね、ほんとだ」と子供は考えぶかそうな顔つきで頷《うなず》く、「ハマへいったときもさ、けとうの家はみんな丘の上とか、中ぐらいの高みにあるけれど、日本人の家はきまって谷みたいな、低いところにあったね」

「それにも理由はあるんだな」と父親は続ける。日本は地震が多いし台風も多い、木造家屋はそれらに弱いため、なるべく風あたりの少ない、天災に際して危険度の低い土地を選ぶようになった。

「だが、それだけでもない」

日本人は「陰影」というものに敏感で、直射光よりも間接光、あけひろげた明るさより、遮蔽《しゃへい》物によってやわらげられた光を好んだ。生活の中に静寂の美をとりいれ、ぎらぎらした物は避けるという習慣があった。

「だからけとうのように石で建てた家の中で、靴をはいたままどかどかくらす、っていう生活にはなじめないんだな、なかなか」
「ふーん」と子供は仔細《しさい》らしく首をかしげる、「そうだね、ぼくも石の家なんか好きじゃないな、寒いしさ、石の家なんかいやだな」
「それもさ、そうばかりも云えないんだよ、これが」父親は反省するように云う、「たしかに日本人には木造建築が合ってるけれども、こういう、木と泥と紙で出来てる家にばかり住んでるとさ、長いとしつきのあいだには、民族の性格までがそれに順応して、持続性のない軽薄な人間ができてしまうんだな」

父親はそこで欧米人の性格について語り、かれらの能力を支えてきたものは、石と鉄とコンクリートで造った家とか、靴をはいたまま、テーブルに向かって食事をし、大きな宴会もする、という生活であると云った。

子供はその一語一語を注意ぶかく聞き、相槌《あいづち》を打つべきところへくると、さも感じいったように頷いたり溜《た》め息をついたり、唸《うな》ったりした。父親の口ぶりも自分の子に話すようではなく、子供のほうもまた父の話を聞いているようではない。いつもそうなのだが、二人は父と子というよりは、少しとしの違った兄弟か、ごく親密な友人同志といったふうであった。

「それにしてもさ、さていよいよ自分の家を建てるとなるとね、これはこれで問題がべつなんだな、自分たちがそこに住む家となるとさ、民族性は民族性だけれども、現実の問題はまたね」

「みんぞくせえはたいしたことないと思うな、ぼくは」

「そう云うけどね、これはきみたちの将来に関係するんだよ、ぼくたちおとなは先もそう長くはないんだしさ、これから性格を立体的に持ってゆこうとしてもむりだろうがね、きみたちやきみたちの子や孫のことも考えなければならないとするとさ、やはり一概に個人的な好みばかりも云ってはいられないんだな」

「そうだね、うん、ほんとだ」

街は雨のうちに黄昏《たそが》れかかってき、往来はタクシーや通行人たちや、トラックなどでそうぞうしくなっていた。けれども、その親子にとってはまったく無縁なことのようだったし、タクシーの運転手や通行人や、街筋の商店の人たち、それらの店頭で買い物をする人たちにとっても、この親子はそこに存在しないのと同じことのようであった。

日が昏《く》れるとその父子《おやこ》は住居へ帰る。それはわれわれの「街」の八田じいさんの家に添ってあり、つまりじいさんの家の羽目板《はめいた》にくっつけて、古板を合わせて作った物であった。高さ一メートル五〇、幅が一メートルちょっと、長さ二メートル弱の、犬小屋そっくりの手製の寝小屋で、中には板を重ねた床と、藁《わら》と蓆《むしろ》がつくねてあり、それが父子の寝具であった。

小屋の外にビール箱があり、中には丼《どんぶり》が二つと箸、ふちの欠けたゆきひらと、でこぼこにへこみのあるニュームの牛乳沸かしが入れてあった。ビール箱の脇に、針金で巻いた七厘《しちりん》があるが、針金を解けばばらばらになること間違いなしというほど、使い古した毀《こわ》れ物であった。

父子は小屋の外で食事をする。ゆきひらと牛乳沸かしの中に、めしと汁などがはいっていて、それはパンとシチューであったり、チャーハンとコーヒーであったり、肉と野菜と魚と、パン屑《くず》や米のめしの入り混じった、なんと云いようもない食物であったりしたが、父も子も、それがどんな料理であるかについては、無関心であった。

無関心だというより、実際にはその物自体から注意をそらし、嗅覚《きゅうかく》や味覚や視覚を、できる限り他の方向へ集中することにつとめているようであった。

だがこれは通例ではあっても、不変なものではなかった。ときにその汁、またはめしやパンのあいだに、二人の味覚をよびさますような物の出て来ることがあった。

「ほう、これはこれは」と父が肉の小片を箸ではさみ出す、「珍しいな、ロースト・ビーフらしい、それも上手にレアーに仕上げてある、このまん中のとこを赤いままで焼き止めるのがこつなんだな、おまえ食うか」

「いいよ、喰べなよ」と子供は眉《まゆ》をしかめる、「ぼくは生焼けの肉は嫌いなんだ」

「牛肉ってものはおまえ」父親はその食い残しのロースト・ビーフを口に入れながら、まじめな口ぶりで云う、「ドイツやフランスでは生のまま食うんだぜ、ドイツだけだったかな、バイエルン地方だけのやりかたかもしれないがさ、玉葱《たまねぎ》と月桂樹《げっけいじゅ》の葉をレモン漬けにしてさ、その中へ入れておいたのを出してさ、玉葱の微塵《みじん》切りとスパイスをのせてさ、生のまま黒パンといっしょに」

「粉チーズもね」と子供が口を添えると、「――それは違うか」

「好き好きだが、それは味がくどくなるだろうな」父親は噛《か》んでいた肉をのみこんで、ちょっと想像してみてからおもおもしく首を振る、「うん、この場合粉チーズはいらないだろう、粉チーズはむしろ」

こうして二、三の肉料理について、父親はゆっくりと説明する。

彼の話は、それぞれの専門家が聞くと、読みかじりか聞きかじりに、自分の空想で色付けをしたものだと、すぐにわかるかもしれない。反対に、彼にそれだけの経験と知識があり、しかもある程度まで恵まれた才能をもっていたのが、運の悪いためにどの方面でもうまくゆかなかった、というのが事実かもしれない。

彼はずいぶん広範囲にわたる話題の持ち主であり、子供はそのもっともよき聞き手であった。夕めしが済むと、あたたかい季節には小屋の外でくつろぐ。子供が道で拾っておく巻タバコの吸い殻を、手製の竹のホールダーに差し込み、それを大事そうにふかしながら、また父親が話し、子供がそれを聞くのである。――子供が話し手にまわることも稀《まれ》ではないが、二人とも現実的なことにはふれない。九分九厘までが観念的なことであり、空想や作り話と思えるものばかりであった。

もっとも判然《はんぜん》としているのは、子供が母の話をせず、父親が妻とか家族関係の話をしないことだ。どんな事情があるにせよ、七歳ぐらいの子供なら、生死にかかわらず母のことが頭にあるはずである。男もむろんそうだろうが、子供にとっては特に、母のイメージは心に深く刻みこまれているものなのだから。

だが、子供は決して自分の母のことを口にしないし、よその子の母についても話したことはない。小屋の中で寝ていて、夜なかに眼ざめたとき、あるいは父といっしょに街をあるいているとき、子供の顔にふとかなしげな、人恋しげな表情のあらわれることがある。子供はそのとき母のことを回想し、思慕《しぼ》の衝動を感じているのかもしれない。そうして、それをしいて抑制したり、がまんしたりするようすもないが、口に出して云うということもなかった。

父子がどこから来たのか、まえにどんな生活をしていたのか、この「街」の住人たちは誰も知らない。二人の名さえも知らないのである。父と子が小屋をそこに作ることを許した八田じいさん、――正確には八田公兵というのだが、初め男に姓名をたずねたところ、男は渋いような笑いをうかべ、頭のうしろを掻《か》きながら、改まって名のるほどの者ではないから、と答えただけであった。

八田公兵も独身者であり、自分では事業家であると信じていて、休みなしに大きな事業をもくろんでは失敗する、ということを繰り返していた。事業家ともなれば太っ腹な人柄を備えなければならないから、八田はあえてなにごとも追及せず、小屋の地代もいらないと云った。

八田公兵は云いすぎをした。この「街」の住人の中に、土地や家の所有者はいない。地主もほかにちゃんといたし、それを知っているのはヤソの斎田先生と、ごく少数の人たちであろう。いちどならず、家主と住人たちのあいだで、「家賃」についてごたごたがあり、斎田先生があいだに立って交渉した結果、ようやくおさまりをつけたのだが、要するに八田じいさんが「地代」もいらない、と云ったのは、腹の大きいところをみせただけのことであった。

近所の人たちが名を知らないばかりでなく、父と子のあいだでも名を呼びあうことはなかった。父は子供の名を呼ばないし、子供もとうさんとか、おとっちゃんとか呼ぶことはない。どちらも漠然と「ねえ」とか「なあ」と呼びかけるだけであり、それがいっそう二人の関係を、親子というよりも親友か兄弟のように感じさせるようであった。

夜十時をすぎると、子供は小屋からぬけだして、一人で柳横丁へでかけてゆく。それは中通りの南のはずれにある裏通りの一画で、小さなレストランやおでん屋、小料理屋、中華そば、すし屋などが並んでい、べつに「のんべ横丁」とも呼ばれていた。

子供はまず「すし定」の裏口をたずねる。これは、すし屋がどこよりも早く店を閉めるからだし、そこに容《い》れ物が預けてあるためでもあった。

「あいよ、寒いね」とおかみさんなら云う、「今日はよく出ちゃったんでね、そこにはいってるだけしか残らなかったんだよ、勘弁しとくれ」

「よう、来たな小僧」とおやじなら云う、「そこにあるから持ってゆきな、生物《なまもの》は火をとおして食うんだぜ」

子供はおじぎをし、ありがとうと云う。それ以外には口をきかない、すし定のおやじはよく、うちへ小僧に来ないかと、まんざらからかいでもなさそうな調子できくが、子供はそれに対して一度も答えたことがなかった。預けてある容れ物というのは、ニュームの古鍋を三つに重ねたもので、下から上まで針金の枠が付けてあり、重ねたまま提《さ》げられるようになっていた。その鍋の一つは汁物、一つは野菜や肉や魚、残りの一つはめしとかうどん、そばなどを入れることにしていた。もちろんそれらがいっぱいになるようなことはたまにしかないし、野菜とか肉とか、めしうどんなどが、その原形を保っていることはほとんどない、汁物と形のややわかる物とに大別できればいいほうであって、かなり経験を積まなければ、それら内容物を判別することもたやすくはなかった。

すし屋の次には小料理屋、次にレストラン、おでん屋、中華そば屋となるのだが、レストラン二軒、小料理屋四軒、おでん屋三軒、中華そば屋二軒とあるうち、店をしまいかけているところが優先する。これは時間をまちがえると、「まだ客がいるのに縁起でもないね」とか、「お客を追い出す気かい」などと云われる危険があるし、一度そんなあやまちをしでかすと次に貰えるまできげんの直るのを待たなければならないし、しばしば競争者に権利を奪われる危険さえあった。

断わるまでもないかもしれないが、残飯を貰いに来るのは、その子供だけではない。われらの「街」からも、稼ぎがなくて困ると、ひそかにこれらの店の裏口を叩《たた》く者があったし、よそから定期的にやって来る者も幾人かいた。——おかしな話だが、八田公兵もあらわれたことがあるのだ。もっとも八田じいさんの場合は困っているからではなく、それを彼の「事業」にしようというもくろみからであった。信じがたいほど多彩な彼の事業欲の中でも、それはもっとも有望であり、確実性も高い一例であったけれども、おでん屋の「花彦」という店のかみさんの反対声明で、残念ながら軌道に乗らなかった。

「乞食までしなければならないのはよくせきのことだよ」と花彦のかみさんは「のんべ横丁」の同業者たちに云った、「それを一人で掻き集めて、銭儲《もう》けをしようなんてのは人間じゃないね。そんなやつにやるくらいなら、あたしはどぶへ捨てちまうよ」

その子供はこれらの危険をよく知っていた。残飯をくれる店の人たちも、特に彼だけをひいきにしているわけではない、店を閉めようとしてあと片づけをしているときに、呼吸よくあらわれる者があれば、相手は誰でもそう差別はつけない、一足おくれただけで、馴染みの店を他人に取られることも少なくないのだ。


さらにもう一つ。それらの店がいつもこころよく残飯をくれるわけではない、ということを知っていなければならない。

かれらもまた、多くは経営が楽ではなく、苦しいやりくりをして店を張っている者が、——外見にかかわらず相当にあった。これらを一般に「水しょうばい」というらしいが、水しょうばいとなるとにんきが大切だそうで、どんなにふところが危機に直面していても、そんな内情はけぶりにもみせないのがこつであり、また危機を脱するちから杖《づえ》ともなるという。――したがって一握りの残飯をやるにも、慈善の満足感ばかり味わっているわけではなく、「こっちもそれどころじゃないよ」と云いたいときが少なくないだろう。――ことに、それがすし定とか花彦とかいう、主人か主婦とじかな場合はいいけれども、使用人、なかんずく女給さんなどのいるところでは、スムーズにいかないことがしばしばあった。どういう心理作用か不明ではあるが、レストラン、またはバーを兼ねている洋食屋の女給さんの中には、客の喰べ残した料理の皿でタバコを揉《も》み消したり、ルージュの付いた塵紙《ちりがみ》を突っ込んだり、マッチの棒、爪楊枝《つまようじ》、洟《はな》をかんだ紙、その他もろもろの物品を投げ入れる癖がある。ひどいのになると、残飯をあけているところへ、わざわざやって来て、タバコの吸い殻を放り込む佳人《かじん》さえあるのだ。

子供はいま「リザ」というレストランの裏に来ていた。そこの硝子《ガラス》戸はあいているが、いつものコックの姿は見えず、二人の女給が高声に話しながら、流し台によりかかってタバコを吸っていた。

「あら、また来たよあのちび」と女給の一人が裏口にあらわれた子供をみつけて云う、

「だめだよ来たって、なんにもありゃあしないんだから、帰んなさい」

子供は片隅へ眼をやる。そこにはドラム缶の半分くらいの、ホーロー引きの缶があり、中には喰べ残した洋食の屑が八分めほど溜《た》まっていた。いつもなら主人であるコックが、子供のため他のソース鍋に残り物をとっておくのだが、いまはそれらしい物は見あたらなかった。

「なにうろうろしてんのさ」とさきの女給が云う、「そんなとこで立ってたってなんにも出やあしないよ、帰んな」

子供は振り向いてそこを去る。

彼はまったく無表情で、いまの女給の不当な侮辱《ぶじょく》をどう感じているか、うかがうことはできない。そういう侮辱に慣れているともみえるし、反対に、それを感じないことで、相手に侮辱を返上している、というふうにも思われた。

ほぼ七歳とみえる子供ながら、彼のようすはおちついているし、その表情や口のききかたには、どことなく達観したような、または多難な生活をしてきて疲れたおとなのような、枯れた柔和《にゅうわ》さが感じられる。

彼が「のんべ横丁」の歴訪を終えるまでに、まずくすると他の強敵に出会うことがあった。

敵の一つはまるという名の犬。他の一つは三人組の少年たちだ。犬のほうはまるなどというやさしそうな名にもかかわらず、四十キロもありそうな巨躯《きょく》と、ゴリラも恥ずかしがるだろうようなものすごいつら構えをしていて、その子供をみつけると、歯を剥《む》き出して唸りながら、のそりのそりと近よって来るのである。

そのように躯《からだ》が大きく、ものすごいつら構えの犬は、むしろ温和《おとな》しくて無害だと、犬好きの人はよく主張する。たしかに、まるも平生は温和しいうえに臆病者で、自分の半分もないような犬ににらまれても、しおれた顔で眼をそらすか、物蔭へ隠れにゆくというふうであった。他の犬と喧嘩《けんか》をしたこともないし、怪しげな人間に吠《ほ》えかかる、などということもない。——にもかかわらず、その子供を「のんべ横丁」でみかけるとたんに、唇《くちびる》を捲《まく》って歯を剥き出し、重量感のある巨躰《きょたい》を誇示するかのように、のそりのそりと寄って来るのであった。

人と毛物のあいだにも、合性《あいしょう》のよしあしとか、にが手とかいうものがあるらしく、まるには子供が気にいらないようだし、子供のほうでもまるにはかなわないのだろう、提げている古鍋に残飯がはいっているときには、それをすっかり地面にあけて逃げるし、まだなにも貰っていないときには、三つの古鍋を一つ一つ、中になにもないことをまるによく見せてから、その夜の貰いを諦《あきら》めて帰るよりほかはなかった。むろん、まるは残飯などには眼もくれないのであるが。

三人組の少年たちは、一般にちんぴらと呼ばれる連中で、なんの必要も理由もないのに、弱そうな者をみつけると威《おど》したり、殴ったり、持ち物を奪ったりすることに英雄的快感を覚え、それだけが生きるたのしみだと信じているらしい。としは大きいのが十五歳くらい、あとの二人は十二か十三だろう。ちゃんとした家庭の少年とみえて、シャツもズボンも流行の品だが、それをわざと崩して着こなし、威嚇《いかく》的な、というのはどこか関節が外れたような、ぎくしゃくしたあるきかたでのしまわるのだが、われらの子供を発見するとインディアンのような叫び声をあげ、インディアン踊りをやりながら子供の周囲を踊りまわり、彼の小さな躯を小突《こづ》いたり、頭の毛や耳を引っぱったり、提げている古鍋を奪って、中の残飯をぶちまけたりする。

子供は決して反抗しなかった。力の差を比較したからではなく、反抗するのがまったく無意味なことだと、よく理解しているかのように。また、それが避けられない災《さい》厄《やく》であって、この世に生きている以上、すべての者が耐え忍ばなければならないことだと、承認しているかのように。

ギャングどもがその遊戯に飽きて、彼を最後に突きのめすか、もう一つ殴りつけるかして去ると、初めて、子供は涙をこぼすのであった。

投げとばされた鍋を拾い集めながら、彼はなにも云わずに涙をこぼす。涙は子供の頰《ほお》をぐしゃぐしゃに濡《ぬ》らすが、口でなにか云ったり、泣き声をもらしたりすることはない、そんなことは一度もないし、家へ帰ってから父親に告げるようなこともなかった。

子供は家へ帰ると、鍋を持って小屋へもぐり込む。父親はたいてい気持ちよく熟睡していて、そのときは子供も注意ぶかく、父親の眼をさまさせないように、そっと眠りにつくのであるが、早く寝ついた父親はすでに眠り足りていて、子供が帰ると眼をさますことが珍しくはなく、そのときはいつものような話が展開して、明けがたに及ぶことも覚悟しなければならなかった。

「寝ながら考えたんだがな」と父親は話しだす、「家を建てるにはさ、まず門というものが大切だ、門は人間でいえば顔のようなものさね、顔を見ればあらまし、その人間の性格もわかるんだな、あらましだけれどさ」

「そうだね、うん、ほんとだ」

「もっとも、人はみかけによらないということわざもある、が、まあそんなふうに云っちまえば、――きみはねむったいんじゃないか」

「ねむくなんかないさ」子供は眼をこすりながらたのしそうに答える、「大丈夫だよ」

彼は欠伸《あくび》をする。のんべ横丁をまわって、神経をすりへらし、躯も疲れていた。足はだるいし、眼はいまにもくっつきそうである。けれども彼は力の限りそれらとたたかい、父親の話し相手になっている。父親は気づかないのだろうか、それとも気づいてはいるが、話し続けていなければならない理由があり、もしそれを中断すればなにか異常なことがおこる、とでもいうのだろうか。――どちらにもせよ、父親は各種の「門」と、その風格や美感について語り、子供は辛抱づよく相槌を打ち、感動して唸り、熱心に同意したりした。

　食事のために炊事をすることはほとんどない。寒い季節には湯を沸かすが、食事は残飯をよりわけ、それぞれの丼に移して冷たいまま喰べる。

「冷食は健康のためなんだな」と父親はしばしば云う、「犬に例をとってみても、ブルジョワに飼われてるやつは大事にされて、却《かえ》って軀が弱くなってしまう。ところが拾い食いをして地面の上で寝るようなのら犬はさ、虫歯もなければ胃弱にもならないだろう」

「ほんとだ、うん、ほんとだ」

「生物はほんらい冷食していたんだな、――これはポーク・カツらしい、きみ喰べるか」

「いいよ、喰べなよ」と子供は首を振る、「ぼくのほうにもあるんだ」

父親はポーク・カツレツの切れっ端を喰べ、暖衣温食が、いかに人間の肉躰を弱め、非力多病にしたか、ということ、それに反して、冷食と戸外生活が、どんなに自然であり健康に役立つか、という理論をくりひろげるのであった。

つめたい食事と戸外生活、それが人間のもっとも自然で、健康なありかただと主張しながら、同時にかれらの空想上の家は、空想の中で幾たびとなく建てたり改築されたりしながら、しだいに豪壮《ごうそう》な邸宅となっていった。

門は総檜《そうひのき》の冠木門《かぶきもん》にきまり、塀《へい》は大谷石《おおやいし》。洋館は階上階下とも冷暖房装置にし、日本間のほうは数寄屋《すきや》造り。庭はいちめんの芝生であるが、これはイギリスからエバー・グリーンを取りよせる。約二千平方メートルの庭の、西側三分の一はくぬぎ林にし、あいだに杉の若木を配するが、花の咲く木はいっさい入れないことにした。

以上は父と子とで、念入りに、繰り返し検討し、試案が出され、欠点が補われた結果であり、ほぼ満足すべきものとなったのだ。かれらにはその邸宅の外観が、現実に存在するもののように、どの角度からも、いかなる細部をも、即座に指摘し、説明することができるようになった。

「いよいよ家具を入れる段になったな」子供といっしょに街をあるきながら、父親は慎重な口ぶりで云うのだ、「洋館のほうはさ、おれはスコットランドふうにしたいんだがね、こう、――」と彼は手でなにかの形を空に描いてみせる、「どっしりと厚いオーク材を使ってさ、すべてハイ・ランド地方の古い領主の館《やかた》か、いや、狩猟地の別邸だろうな、農民の素朴さを活かした、しかも気品の高い、おちついた調度をそろえるんだな」

子供は頭をかしげるが、相槌を打つ言葉がみつからないのだろうか、右肩をゆりあげたり、頬っぺたをこすったりするばかりで、なにも云わなかった。

「問題は台所なんだな」父親は眼を細めて、自分の想像に具体性を与えようとする、「つまり日本式にするか」彼はまた手でなにかの形を空に描く、「それともガス・レンジやフライ用の鉄板を備えた調理台のある、洋式のものにするかさ」

「うん、そうだね」子供は用心ぶかく眉をひそめて云う、「それはまだ、いそがなくってもいいんじゃないかな」

「それはそうさ、べつにいそいでるわけじゃないんだよ、そんなわけじゃないが、建物や庭はすっかり相談がまとまっちゃったしさ、そっちはもう出来ちゃったのも同様だからな」

「そうか、ほんとだ」子供はなにか重い物でも背負いあげるように答える、「――じゃあ、やっぱり台所だね」

父親はぶしょう髭《ひげ》の伸びた頬をぼりぼり掻きながら、台所を日本式にするか、それとも洋式にするかについて語る。それはまた当分のあいだ、というよりもできる限りながく、父と子のたのしい話題となるにちがいない。――二人はぴったり寄り添って街をゆき、あるときは草原に腰をおろし、夜はまた狭くて暗い小屋の中で、空腹をまぎらかしながら語りあうのであった。

父親にとっては残念だったろうが、室内調度が洋館の応接間まで進んだとき、子供が死んだ。

九月はじめのもっとも暑い夜、犬のハウスよりみすぼらしい小屋の中で、一週間ほど激しい下痢《げり》をしたのち、嘘のようにあっけなく子供は死んでしまった。

死因がなんだったたか、はっきりとは云えない。ある朝、食事のとき子供が七厘で火を焚《た》いた。拾い集めた雑多な木片や、木の枝などを燃やすので、寝ていた父親が煙にむせ、小屋から顔をだして、なぜ火を焚くんだ、湯はいらないじゃないかと云った。食事のときに湯を沸かすのは寒い季節だけで、そのほかはいつも水で済ましていたからである。

「湯じゃないんだ」子供は眼のまわりの黒くなった顔を振り向けて云った、「生物があるから煮るんだよ」

「生物だって、へー、どれ見せてみな」

子供は牛乳沸かしを持って、父のところへいって中を見せた。

「なんだ、しめ鯖《さば》じゃないか」父親は鼻をうごめかし、唇を手で横撫《よこな》でにして云った、「これはおまえ塩と酢でしめてあるんだ、これはきみ生物じゃないよ」

「すし定のおじさんが、火をとおして喰べなって云ったんだ」

父親は首を振った、「まちがえたんだな、きっと、しめ鯖を煮たりなんかしちゃあ食えやしないよ」

「だけどね」子供はなお云い返そうとしたけれど、父親がゆっくり首を振るのを見ると、べそをかくように笑って、牛乳沸かしを下におろした。

その日の午後から、親子は腹痛と下痢で苦しみだしたのだ。しめ鯖の中毒かもしれないが、そうではなかったかもわからない。しめ鯖はうまかったし、匂いも変わっているようではなかった。喰べた物はそれだけではなく、区別するのが困難なほど、雑多な食品が入り混じっていた。

「これはしめ鯖じゃないな」父親は自己弁護というのではなく、症状を医学的に内省《ないせい》する、というふうな口ぶりで云った、「――もしもしめ鯖にあたったんならさ、まず蕁麻疹《じんましん》が出るか、嘔吐《おうと》がおこるかするんだな、ところがおれもきみもそんな症状はなかった、これはだから、食中毒じゃないな、おれは冷えだと思うね」

子供は腹痛のため顔をしかめながら、そうだね、うん、と頷いていた。

西願寺《せいがんじ》の崖下《がけした》に、ほとんど毀れかかった共同便所がある。ずっと以前から使われなくなったので、朽《く》ち乾いた板切れをつくねたようにしかみえない。いま使っているのは、その父親と子供だけで、下痢が続くあいだ、二人は小屋からそこへかようのであった。

三日めになると父親の症状はおさまった。彼の腹痛は一晩すぎると治り、三日めには下痢も止まった。子供のほうは腹痛も下痢も弱まらず、三日めをすぎるとすっかり衰弱して、崖下まであるいてゆくことができなくなった。

「だいじょぶだよ、心配しなくってもいいよ」子供は父を力づけるように云った、「ぼくはもうすぐ治るよ」

「そりゃあそうさ、そんなことは心配なんかしてやしないがね」父親は自分の腹を撫でた、「こういうときは絶食がただ一つの治療法なんだが、——それにも度があるんでね」

子供は済まなそうな眼で父を見た。父はもう治ったから、なにか喰べなければならないのだ。おそらく腹がへって耐えられなくなったのだろう。そしていま自分に、そのことを訴えているのだ、ということが子供にはよくわかった。

「ぼく、あるけるといいんだけれどね」と子供は云った、「もうすぐあるけると思うんだけどな」

「おう、おう、とんでもない」父親は手を振った、「きみにのんべ横丁へいってくれなんていうわけじゃないさ、どうしてもなにか喰べなくちゃならないとしたら、おれだって自分でいって来るよ、そうじゃないんだ、それほどまだ腹はへってやしないんだ、この下痢というやつには、絶食するしか療法はないんだし、絶食は長く続けるほどあとのためにいいんだ、空腹といったって、人間は十日や十五日飲まず食わずでいても、死ぬもんじゃないんだな」

子供は皺《しわ》だらけになった顔をするどく歪《ゆが》め、腹を押えながら躯をくの字なりに曲げた。腹が痛みだしたのか、下痢が始まろうとしているのだろう。呻《うめ》き声を出すまいとして歯をくいしばり、躯ぜんたいが円になるほど身をちぢめた。

父親にはそれが見えないのだろうか、彼は眩《まぶ》しそうに子供から眼をそらし、入口の垂《た》れ布を捲《まく》って小屋を出た。――子供の容態《ようだい》はもう尋常《じんじょう》ではない、躯はすっかり肉がおち、皮膚は老人のように皺たるんでいる。便には血が混じりだしたし、間隔は短くなるばかりであった。それが父親である彼には見えないのだろうか、知っていて見ないふりをし、自分を自分でごまかそうというのだろうか。――小屋から出た彼はちびた下駄をはき、脇にあるビールの空箱に腰を掛けた。彼の顔はまったく無表情で、眠っているようにとろんとした眼で向こうを眺めながら、音をさせないように長い太息《といき》をついた。

「洋館の応接室だがね」と父親は小屋の中の子供に話しかける、「スコットランドふうにするというアイディアは考え直すことにしたよ」

彼は自分の腹がくうと鳴ったので、いそいで声を高くしながら、応接室の新しい構想について熱心に語った。

さあきみ、すぐにその子を抱いて医者へゆきたまえ、治療代のことなんかあとでどうにでもなる。とにかく医者へゆくんだ、そんな地面になんぞ寝かしておいてはいけない、すぐに病院のベッドへ移さなければだめだ。わからないのかきみ、手おくれになるぞ。

父親はのそっと立ちあがり、大きな欠伸をした。

飼い犬が主人の顔を見ると、まず尻尾《しっぽ》を振るまえに大きな欠伸をする、あれはどういうことだろうか。——子供の父親である彼も、いまそんなときでもないのに、大きな口をあいて欠伸をした。これはどういうことだろう、退屈したのだろうか、途方にくれたのだろうか。——云うまでもなく、それは飼い犬のする欠伸と似ているところはない。彼の欠伸は、主人を見てよろこびの情をあらわすようなものとは、まったく反対な感じをもっていた。

発病してから五日めの午後、子供はほとんど意識不明になった。ときたま云ううわ言も、なにを云うのか聞きとれなかったし、話しかけても答えはなかった。

父親は小屋から出たりはいったりするばかりで、子供には手を触れようともしなかった。

彼は一人の子の親ではなく、むしろ親に捨てられた幼児のようにみえる。見知らぬ街の中でとつぜん親に捨てられ、これからどうしていいか、誰に頼ったらいいか見当がつかなくなり、まさに泣きだそうとしている幼児のように。——

夜の十時ころ、小屋の外でうずくまっていた父親は、よくよく思案したうえのように、三つ重ねた古鍋へ手を伸ばした。

「そうなんだな、人間は食わずにはいられない」彼はぶつぶつと呟《つぶや》いた、「病人だって、いつまで食わせずにおけるわけはないんだ」

それでもなお迷っているようすだったが、やがて決心をしたといいたげに、重ねた古鍋を提げて立ちあがった。

「ちょっといって来るよ」

父親は小屋の中へ呼びかけた。

「のんべ横丁までな、すぐ帰って来るからね、なにかうまい物を貰って来てやるよ」

彼は子供がいつも話している、すし定とか、花彦などの名を、記憶の底のほうから拾いだしながら夜の街へでかけていった。——そして約一時間のちに、口の中でなにかを噛みながら帰って来ると、古鍋を下に置いて、小屋の中を覗《のぞ》きこんだ。

「いま帰ったよ」と彼は云った、「きみが腹をこわしてると云ったらさ、花彦のマダムがそれはいけないって云って、うまい物をくれたよ」

「ねえ」と子供が云った、「忘れてたけどさ、プールを作ろうよ」

はっきりそう云ったのだ。声にはちからがなく、少ししゃがれてはいたが、きみの悪いほどはっきりした云いかたであった。父親は泣くような表情で微笑した。

「そうだな、うんそうしよう」と彼は大きな声で云った、「なんでもきみの好きなようにするよ、やれやれ、これでようやくおさまったな」

子供の病気は峠を越したのだ。子供というものは生命力の強いものだからな、彼は明るい顔色になり、珍しいことに、鼻唄をうたいながら、七厘に火を焚きはじめた。

彼はニュームの牛乳沸かしで、残飯の粥《かゆ》を作り、それを喰べさせようとして小屋へはいってみると、子供はもう冷たくなっていた。

その翌朝、ヤソの斎田先生が小屋の前を通りかかったとき、彼はビールの空き箱に腰を掛けたまま、ぼんやりと空を見あげ、手に牛乳沸かしを持って、なにかぶつぶつ独り言を呟いていた。

「お早う」と斎田先生が呼びかけた、「坊やは元気かね」

彼は斎田先生を見あげたが、まったく知らない人を見るような眼つきで、けれども口では「ええ元気です」と答えた。

病気だとか聞いたようだが、もう治ったのか、と斎田先生がきくと、ええおかげさまでと答え、うるさいな、とでも云いたげに顔をそむけた。

彼は子供を抱いて、西願寺の崖下と小屋のあいだを、頻繁《ひんぱん》に往来したのだから、近所の人たちが見なかったはずはない。斎田先生は誰かからそれを聞いたのであろうが、彼のそっけない態度を見ると、それ以上なにを云う気にもなれず、今日も暑くなりそうだね、などと云いながら去っていった。

その後ずっと、誰も子供の姿を見なかった。初めに八田公兵がそのことに気づき、坊主はどうしたのかとたずねた。母親のところへ返した、と彼は答えた。

「へえー、あの坊主に母親があったのかい」

八田じいさんは信じられないというふうに問い返した。

「あんたにはおふくろさんはなかったのかね」と彼は反問した。

「わしにだっておふくろはあったさ、母親もなしに生まれてくる子なんかありゃしないだろう」

「だろうね」と云って彼は顔をそむけた。八田公兵はもっとなにか聞きたそうだったが、彼のようすがひどく冷淡であり、むしろ排他的であると思い、そのまま話を打ち切ってしまった。

そのうちに誰が云うともなく、ある日の早朝、まだあたりがまっ暗なじぶんに、彼が子供を背負って、西願寺のほうへ歩み去るのを見た、という噂が広まった。病気の子供をもてあまして、どこかへ捨てにいったのだろう、と云う者もあるし、本当に母親がどこかにいて、そこへ返しにいったのだろう、と云う者もあったが、そのどちらにせよ、かれらには関係のないことなので、まもなく噂さえもしなくなった。

九月の暑さが終わり、十月もすぎた。彼は毎夜十一時ころに、「のんべ横丁」へゆき、残飯を貰い集めて帰ると、小屋へもぐり込んで独りで寝た。朝になると、小屋の外で独り食事を済ませ、例の三重の古鍋を洗って、「のんべ横丁」のおでん屋「花彦」のかみさんに預けたのち、一日どこかをあるきまわったり、小屋へ帰ってごろごろしていたりした。

そのうちに、子供の代わりができたのだ。

十一月にはいっていつのころからか、足の小さな犬の仔《こ》が、彼についてあるくようになった。生れてほんの四、五十日経ったばかりだろう、黒と白のぶちで、雑種だが四肢《しし》が太く、こまっちゃくれた利巧《りこう》そうな顔つきをしてい、彼のゆくところにはどこへでもついていったし、小屋へ帰るといっしょに寝るようになった。

「そうだ、そういうわけだ」彼は街をあるいてゆきながら、無意識に独り言を云う、「――待てよ、そうとばかりも云いきれないんだな、うん、そうでないこともある、簡単じゃないさ」

仔犬は彼の足に身をすり寄せるようにして、ついてゆく。ときどきそのこまっちゃくれた顔をあげて彼を見、そうですね、ほんとにそうですよ、とでも云いたげに尻尾を振る。そして、彼が振り向いて見たりすると、ええ、ぼくはここにいますよ、心配しないで下さい、大丈夫ですよ、という意志を教えようとするような眼つきをし、もっと大きく尻尾を振る。――彼はごくたまにしか声をかけない。振り返って仔犬を見るときには、なんともいいようのない表情が顔にあらわれる。それはなにか話しかけたいようでもあるし、話しかけても相手には聞こえない、ということを知って、「かなしいな」と呟くようでもあった。

きみ、子供をどうしたんだ。死んだ子供をきみはどうしたんだ。あの子のことは思いださないのか、もう忘れてしまったのか。きみのために残飯貰いをし、それをあためて食事の支度をし、きみのでまかせな話、なんの役にも立たない非現実的な話を、いやがりもせずに聞いたり、雨に濡れるのも構わず、いつもきみといっしょにあるきまわり、きみのために休みなく気を使っていたあの、幼い子のことを哀《あわ》れだったと思いだしてやりさえもしないのか。きみ、いったいあの子をどうしたんだ。

「たいしたことはないな」彼はあるき続けながら、声を高めて云う、「どっちにしろたいした違いはないんだな、五十歩と百歩じゃあずいぶん大きなひらきだけどさ、でも世間じゃあ五十歩百歩と同じくらいに云ってさ、自分の問題となれば九十歩と百歩でも、相当むずかしく考えるだろうけれど、それにしても、まあたいしたことはないらしいな」

　つめたい雨が降りだしてきた。もう十二月に近い午後の街は、いっとき人の往来もまばらになり、道はゆっくりと濡れだして、小石がつめたそうに光ってみえた。仔犬は尻尾を垂れ、首を垂れて、濡れてゆく毛が重たそうに、それでも彼の側《そば》からはなれず、ちょこちょことついてゆき、街のある角へさしかかると、いかにも勝手知ったというふうに一方へ曲がる。——彼はいつもそっちへ曲がるとはきまっていない、しばしばまっすぐにゆくか、反対側へ曲がるかするが、仔犬が立ち停まって、不審気《いぶかしげ》に見まもっているのに気づくと、黙ってあと戻りをし、仔犬の曲がったほうへあるきだすのであった。

その道を二丁ばかりゆくと、勾配《こうばい》のゆるい坂になって、登り口の右側に交番があり、そこからほんの三十歩ばかり上の右側に、西願寺の山門があった。

仔犬を伴《つ》れた彼はその山門をはいり、本堂の前庭を横切って、まっすぐに墓地へはいってゆく。雨はつよくもならないがやむけしきもなく降っていて、裸になった木々の枝に溜まった滴《しずく》が、彼と仔犬の上へ、しきりにこぼれ落ちた。

墓地にも地区別があり、高級住宅地と中産階級とは、下級住宅や長屋階級とかなりはっきり地区を別にしている。そして、前者には五十年とか百年とか、稀にはそれ以上も供養の絶えない墓があるのに、後者の地区には三十年以上というのは珍しい。ちょっと古いのになると、掃除もされず荒れたままになっているし、その多くは無縁墓で、いつ片づけられるかわからないというものであった。

彼は墓地の西端まであるいてゆき、うしろが竹藪《たけやぶ》、左右を枯木林で塞《ふさ》がれた二メートル四方ほどの、空地の前で立ち停まった。——そこは赭土《あかつち》に雑草がまばらに枯れているだけで、なにも変わったようすはなかったが、彼はその前にしゃがみこんで、じっと赭土の一点を見まもった。

「プールを作るのは賛成だね」彼は口の中で云った、「――庭の芝生のまん中がいいかな、エバー・グリーンのまん中に、白タイル仕上げのプールがあるのは悪くないよ、ちょっとしたブルジョワ気分じゃないか」

仔犬は雨に濡れて寒くなったためか、彼の脇にぴったりより添って坐り、躯をこまかくふるわせながら、彼の顔を見あげたり、ときどき「帰りましょうよ」とでも呼びかけるように、低い鼻声でないたりした。

彼の蓬髪《ほうはつ》もぶしょう髭も、その着ているぼろ布子《ぬのこ》も、絞るほど濡れてしまったし、蓬髪からたれる雨のしずくが、額から頬、そして顎《あご》や頸《くび》へとしたたり落ちた。

「注水と排水設備にちょっと難点があるんだな、そう」と彼は顔ぜんたいを手で拭き、眼のまわりを拭きながら云う、「地所が高台だからさ、渇水期《かっすいき》のためにタンクを備えなくちゃならないしさ、排水のほうもなにしろプールいっぱいの水となるとね、ちょっとした下水くらいじゃまにあわないんだな」

仔犬が鼻声でないた。

彼は片手で、空間になにかを描くような手まねをしたが、すぐにその手をだらんと垂れ、同時に頭も低く垂れた。そうして、誰かそこに人がいて、その人間に語りかけるような調子で云った。

「大丈夫、きっと作るよ、きみがねだったのは、プールを作ることだけだったからな、――きみはもっと、欲しい物をなんでもねだればよかったのにさ」

雨のしずくがたれるので、彼はまた顔を手で撫で、眼のまわりをこすった。空はかなりくらくなり、仔犬はふるえながら、あまえるようになき声をあげた。

# 一ぷく三杯

夢野久作

お安さんという独身者《ひとりもの》で、村一番のけちン坊の六十婆さんが、鎮守《ちんじゅ》様のお祭りの晩に不思議な死にようをした。

……たった一人で寝起きをしている村外れの茶屋の竈《かまど》の前で、痩《や》せ枯れた小さな身体が虚空《こくう》を掴《つか》んで悶絶《もんぜつ》していた。平生《ふだん》腰帯にしていた絹のボロボロの打ち紐《ひも》が、皺《しわ》だらけの首に三廻《みまわ》りほど捲《ま》かれて、ノドボトケのところで唐結《からむす》びになったまましッカリと肉に喰い込んでいたが、その結び目の近まわりが血だらけになるほど掻《か》きむしられている。しかし何も盗まれたもようはなく、外から人の這入《はい》った形跡もない。法印さんのところから貰《もら》って帰ったお重詰《じゅうづ》めは、箸をつけないまま煎餅布団《せんべいぶとん》の枕元に置いてあった。貯金の通い帳は方々探しまわったあげく、竈の灰の下の落とし穴から発見された。その遺産を受け継ぐべき婆さんのたった一人の娘と、その婿《むこ》になっている電工夫は、目下東京にいるが、急報によって帰郷の途中である。婆さんの屍体《したい》は大学で解剖することになった……近来の怪事件……というので新聞に大きく出た。

お安婆さんの茶店は、鉄道の交叉点《こうさてん》のガードの横から、海を見晴らしたところにあった。古ぼけた葭簀《よしず》張りの下に、すこしばかりの駄菓子とラムネ。渋茶を煮出した真っ黒な土瓶。剥《は》げた八寸膳《はっすんぜん》の上に薄汚い茶碗が七ツ八ツ……それでも夏は海から吹き通しだし、冬の日向きがよかったので、街道通いの行商人なぞがスッカリ狃染《なじ》みになっていた。

主人公の婆さんは三十いくつかの年に罹《かか》った熱病以来、腰が抜けて立ち居が不自由になると、生まれて間もない娘を置き去りにして亭主が逃げてしまったので、田畠《たはた》を売り払ってここで茶店を開いた。その娘がまたなかなかの別嬪《べっぴん》の利発もので、十九の春に、村一番の働き者の電工夫を婿養子に取ったが、今は夫婦とも東京の会社につとめて月給を貰っているとか。

「その娘夫婦が東京に孫を見に来い見に来いと云《い》いますけれども、まあなるたけ若い者の足手まといになるまいと思うて、この通りどうやらこうやらしております。自分の身のまわりのことぐらいは足腰が立ちますので……娘夫婦もこの頃はワタシに負けて、そのうちに孫を見せに帰って来ると云うておりますが……」

と云いながら婆さんは、青白い頰《ほお》をヒクツカせて、さも得意そうにニヤリとするのであった。

「……フフン。それでも独りで淋《さび》しかろ……」

と聞き役になったお客が云うと、婆さんはまた、オキマリのようにこう答えた。

「ヘエあなた。二度ばかり泥棒が這入りましてなあ。貴様は金を溜《た》めているに違いないと申しましたけれどもなあ。ワタシは働いたお金をみんな東京の娘のところに送っております。それでも、あると思うなら、ワタシを殺すなりどうなりしてユックリと探しなさいと云いましたので、茶を飲んで帰りました」

しかしこの婆さんが千円の通い帳を二ッ持っているという噂を、本当にしないものは村中に一人もいなかった。それくらいにこの婆さんのけちン坊は有名で、ほとんど喰うものも喰わずに溜めていると云ってもいいくらいであった。そんな評判がいろいろある中にも小学校の生徒まで知っているのは「お安婆さんの一服三杯《いっぷくさんばい》」という話で……。

「フフン。その一服三杯というのは飯のことかね……」

と村の者の云うことをきいていた巡査は手帳から眼を離した。

「ヘエ。それはソノ……とても旦那方にお話し致しましても本当になさらないお話で……しかしあの婆さんが死にましたのは、確かにソノ一服三杯のおかげに違いないと皆申しておりますが……」

「フフン。まあ話してみろ。参考になるかもしれん」

「ヘエ。それじゃアまアお話ししてみますが、あの婆さんは毎月一度ずつ、駅の前の郵便局へ金を預けに行く時のほかは滅多《めった》に家を出ません。いつもたった一人で、あの茶店にいるのでございますが、それでも村の寄り合いとか何とかいうご馳走《ちそう》ごとにはキット出てまいります。それも前の晩あたりから飯を食わずに、腹をペコペコにしておいて、あくる日は早くから店を閉めて、松葉杖《まつばづえ》を突っ張って出て来るのでございますが、いよいよ酒の座となりますと、まず猪口《ちょこ》で一パイ飲んで、あの青い顔を真っ赤にしてしまいます。それから飯ばっかりを喰い初めて、時々お汁《したじ》をチュッチュッと吸います。漬け物もすこしは喰べますが、大抵六、七八杯は請け合いのようで……それからいよいよ喰えぬとなりますと、煙草を二、三服吸うて、一息入れてからまた初めますので、アラカタ二、三杯くらいは詰めこみます。それからあとのお平《ひら》や煮つけなぞを、飯と一緒に重箱に一パイ詰めて帰って、その日は何もせずに、あくる日の夕方近くまで寝ます。それからポツポツ起きて重箱の中のものを突《つ》ついて夕飯にする。ご承知の通り、この辺のご馳走ごとの寄り合いは、大抵時候のよい頃に多いので、どうかすると重箱の中のものが、そのまたあくる日の夕方までありますそうで……つまるところ一度のご馳走が十ペンくらいの飯にかけ合うことに……」

「ウ――ム。しかしよく食傷《しょくしょう》して死なぬものだな」

「まったくでございます旦那様。あの痩せこけた小さな身体に、どうして這入るかと思うくらいで……」

「ウ――ム。しかしよく考えてみるとそれは理窟《りくつ》に合わんじゃないか。そんなにして二日も三日も店を閉めたら、つまるところ損が行きはせんかな」

「ヘエ。それがです旦那様。最前お話し申し上げましたその娘夫婦も、それを恥ずかしがって東京へ逃げたのだそうでございますが、お安婆さんに云わせますと……『自分で作ったものは腹一パイ喰べられぬ』というのだそうで……ちょうどあの婆さんが死にました日が、ここいらのお祭りでございましたが、法印さんのところで振る舞いがありましたので、あの婆さんがまた『一服三杯』をやらかしました。それが夜中になって口から出そうになったので勿体《もったい》なさに、紐でノド首を縛ったものに違いない。そうして息が詰まって狂い死にをしたのだろう……とみんな申しておりますが……」

「アハハハハハ。そんな馬鹿な……いくらけちン坊でも……アッハッハッハッ……」

巡査は笑い笑い手帳と鉛筆を仕舞《しま》って帰った。
しかしお安婆さんの屍体解剖の結果はこの話とピッタリ一致したのであった。

# 笑われた子

横光利一

吉をどのような人間に仕立てるかということについて、吉の家では晩餐《ばんさん》後毎夜のように論議せられた。またその話が始まった。吉は牛にやる雑炊を煮《た》きながら、ひとり柴の切れ目からぶくぶく出る泡を面白そうに眺めていた。

「やはり吉を大阪へやる方がいい。十五年も辛抱したなら、暖簾《のれん》が分けてもらえるし、そうすりゃあそこだからすぐに金も儲かるし」

そう父親がいうのに母親はこう言った。

「大阪は水が悪いというから駄目駄目。幾らお金を儲けても、早く死んだら何もならない」

「百姓をさせばいい、百姓を」

と兄は言った。

「吉は手工《しゅこう》が甲だから信楽《しがらき》へお茶碗造りにやるといいのよ。あの職人さんほどいいお金儲けをする人はないっていうし」

そう口を入れたのはませた姉である。

「そうだ、それもいいな」

と父親は言った。

母親だけはいつまでも黙っていた。

吉は流しの暗い棚の上に光っている硝子《ガラス》の酒瓶《さかびん》が眼につくと、庭へ降りていった。そして瓶の口へ自分の口をつけて、仰向《あおむ》いて立っていると、間もなくひと流れの酒の滴《しずく》が舌の上で拡がった。吉は口を鳴らしてもう一度同じことをやってみた。今度は駄目だった。で、瓶の口へ鼻をつけた。

「またッ」と母親は吉を睨《にら》んだ。

吉は「へへへ」と笑って袖口《そでぐち》で鼻と口とを撫《な》でた。

「吉を酒《さか》やの小僧にやるといいわ」

姉がそういうと、父と兄は大きな声で笑った。

その夜である。吉は真っ暗な涯《はて》しのない野の中で、口が耳まで裂けた大きな顔に笑われた。その顔はどこか正月に見た獅子舞《ししまい》の獅子の顔に似ているところもあったが、吉を見て笑う時の頬《ほお》の肉や殊《こと》に鼻のふくらぎまでが、人間《ひと》のようにびくびくと動いていた。吉は必死に逃げようとするのに足がどちらへでも折れ曲がって、ただ汗が流れるばかりで結局身体はもとの道の上から動いていなかった。けれどもその大きな顔は、だんだん吉の方へ近よって来るのは来るが、さて吉をどうしようともせず、いつまでたってもただにやりにやりと笑っていた。何を笑っているのか吉にも分からなかった。がとにかく彼を馬鹿にしたような笑顔であった。

翌朝、蒲団《ふとん》の上に坐って薄暗い壁を見詰めていた吉は、昨夜夢の中で逃げようとして藻掻《もが》いた時の汗を、まだかいていた。

その日、吉は学校で三度教師に叱《しか》られた。

最初は算術の時間で、仮分数を帯分数に直した分子の数を訊《き》かれた時に黙っていると、

「そうれ見よ。お前はさっきから窓ばかり眺めていたのだ」と教師に睨まれた。

二度目の時は習字の時間である。その時の吉の草紙《そうし》の上には、字が一字も見あたらないで、宮の前の高麗狗《こまいぬ》の顔にも似ていれば、また人間の顔にも似つかわしい三つの顔が書いてあった。そのどの顔も、笑いを浮かばせようと骨折った大きな口の曲線が、幾度も書き直されてあるために、真っ黒くなっていた。

三度目の時は学校の退《ひ》ける時で、皆の学童が包《つつみ》を仕上げて礼をしてから出ようとす

ると、教師は吉を呼び止めた。そして、もう一度礼をし直せと叱った。

家へ走り帰るとすぐ吉は、鏡台の抽《ひ》き出しから油紙に包んだ剃刀《かみそり》を取り出して人目につかない小屋の中でそれを研《と》いだ。研ぎ終わると軒へ廻《まわ》って、積み上げてある割木を眺めていた。それからまた庭へ這入《はい》って、餅搗《もちつ》き用の杵《きね》を撫でてみた。が、またぶらぶら流し元まで戻って来ると俎《まないた》を裏返してみたが急に彼は井戸傍《ばた》の跳ね釣瓶《つるべ》の下へ駆け出した。

「これは甘《うま》いぞ、甘いぞ」

そういいながら吉は釣瓶の尻の重りに縛り付けられた欅《けやき》の丸太を取りはずして、その代わりに石を縛り付けた。

しばらくして吉は、その丸太を三、四寸《すん》も厚みのある幅広い長方形のものにしてから、それと一緒に鉛筆と剃刀とを持って屋根裏へ昇っていった。

次の日もまたその次の日も、そしてそれからずっと吉は毎日同じことをした。

ひと月もたつと四月が来て、吉は学校を卒業した。

しかし、少し顔色の青くなった彼は、まだ剃刀を研いでは屋根裏へ通い続けた。そしてその間も時々家の者らは晩飯の後の話のついでに吉の職業を選び合った。が、話は一向にまとまらなかった。

ある日、昼餉《ひるげ》を終えると父親は顎《あご》を撫でながら剃刀を取り出した。吉は湯を呑《の》んでいた。

「誰だ、この剃刀をぼろぼろにしたのは」

父親は剃刀の刃をすかして見てから、紙の端を二つに折って切ってみた。が、少し引っかかった。父の顔は嶮《けわ》しくなった。

「誰だ、この剃刀をぼろぼろにしたのは」

父は片袖をまくって腕を舐《な》めると剃刀をそこへあててみて、

「いかん」といった。

吉は飲みかけた湯をしばらく口へ溜《た》めて黙っていた。

「吉がこの間研いでいましたよ」と姉は言った。

「吉、お前どうした」

やはり吉は黙って湯をごくりと咽喉《のど》へ落とし込んだ。

「うむ、どうした？」

吉がいつまでも黙っていると、

「ははア分かった。吉は屋根裏へばかり上っていたから、何かしていたに定《きま》ってる」

と姉は言って庭へ降りた。

「いやだい」と吉は鋭く叫んだ。

「いよいよ怪しい」

姉は梁《はり》の端に吊り下がっている梯子《はしご》を昇りかけた。すると吉は跣足《はだし》のまま庭へ飛び降りて梯子を下から揺すぶり出した。

「恐いよう、これ、吉ってば」

肩を縮めている姉はちょっと黙ると、口をとがらせて唾を吐きかける真似をした。

「吉ッ！」と父親は叱った。

しばらくして屋根裏の奥の方で、

「まアこんなところに仮面《めん》が作《こしら》えてあるわ」

という姉の声がした。

吉は姉が仮面を持って降りて来るのを待ち構えていて飛びかかった。姉は吉を突き除《の》けて素早く仮面を父に渡した。父はそれを高く捧げるようにしてしばらく黙って眺めていたが、

「こりゃよく出来とるな」

またちょっと黙って、

「うむ、こりゃよく出来とる」

といってから頭を左へ傾け変えた。

仮面は父親を見下して馬鹿にしたような顔でにやりと笑っていた。

その夜、納戸《なんど》で父親と母親とは寝ながら相談した。

「吉を下駄《げた》屋にさそう」

最初にそう父親が言い出した。母親はただ黙ってきいていた。

「道路に向いた小屋の壁をとって、そこで店を出さそう、それに村には下駄屋が一軒もないし」

ここまで父親が言うと、今まで心配そうに黙っていた母親は、

「それがいい。あの子は身体が弱いから遠くへやりたくない」と言った。

間もなく吉は下駄屋になった。

吉の作った仮面は、その後、彼の店の鴨居《かもい》の上で絶えず笑っていた。無論何を笑っているのか誰も知らなかった。

吉は二十五年仮面の下で下駄をいじり続けて貧乏した。無論、父も母も亡くなっていた。

ある日、吉は久しぶりでその仮面を仰いで見た。すると仮面は、鴨居の上から馬鹿にしたような顔をしてにやりと笑った。吉は腹が立った。次には悲しくなった。が、また腹が立って来た。

「貴様のお蔭《かげ》で俺は下駄屋になったのだ！」

吉は仮面を引きずり降ろすと、鉈《なた》を振るってその場で仮面を二つに割った。しばらくして、彼は持ち馴《な》れた下駄の台木《だいぎ》を眺めるように、割れた仮面を手にとって眺めていた。が、ふと何だかそれで立派な下駄が出来そうな気がして来た。すると間もなく、吉の顔はもとのように満足そうにぼんやりと柔《やわ》らぎだした。

# 檸檬《れもん》

梶井基次郎

えたいの知れない不吉な塊《かたまり》が私の心を始終圧《しじゅうおさ》えつけていた。焦躁《しょうそう》と云《い》おうか、嫌悪《けんお》と云おうか――酒を飲んだあとに宿酔《ふつかよい》があるように、酒を毎日飲んでいると宿酔に相当した時期がやって来る。それが来たのだ。これはちょっといけなかった。結果した肺尖《はいせん》カタルや神経衰弱がいけないのではない。また背を焼くような借金などがいけないのではない。いけないのはその不吉な塊だ。以前私を喜ばせたどんな美しい音楽も、どんな美しい詩の一節も辛抱がならなくなった。蓄音器《ちくおんき》を聴かせてもらいにわざわざ出かけて行っても、最初の二、三小節で不意に立ち上がってしまいたくなる。何かが私を居堪《いたま》らずさせるのだ。それで始終私は街から街を浮浪《ふろう》し続けていた。

なぜだかその頃私は見すぼらしくて美しいものに強くひきつけられたのを覚えている。風景にしても壊れかかった街だとか、その街にしてもよそよそしい表通りよりもどこか親しみのある、汚い洗濯物が干してあったりがらくたが転がしてあったりむさくるしい部屋が覗《のぞ》いていたりする裏通りが好きであった。雨や風が蝕《むしば》んでやがて土に帰ってしまう、といったような趣《おもむき》のある街で、土塀《どべい》が崩れていたり家並みが傾きかかっていたり――勢いのいいのは植物だけで時とすると吃驚《びっくり》させるような向日葵《ひまわり》があったりカンナが咲いていたりする。

　時どき私はそんな路《みち》を歩きながら、ふと、そこが京都ではなくて京都から何百里も離れた仙台とか長崎とか――そのような市《まち》へ今自分が来ているのだ――という錯覚を起こそうと努める。私は、出来ることなら京都から逃げ出して誰一人知らないような市へ行ってしまいたかった。第一に安静。がらんとした旅館の一室。清浄な蒲団《ふとん》。匂いのいい蚊帳《かや》と糊《のり》のよく利《き》いた浴衣《ゆかた》。そこで一月ほど何も思わず横になりたい。希《ねが》わくはここがいつの間にかその市になっているのだったら。――錯覚がようやく成功しはじめると私はそれからそれへ想像の絵具を塗りつけてゆく。何のことはない、私の錯覚と壊れかかった街との二重写しである。そして私はその中に現実の私自身を見失うのを楽しんだ。

　私はまたあの花火という奴が好きになった。花火そのものは第二段として、あの安っぽい絵具で赤や紫や黄や青や、様ざまの縞《しま》模様を持った花火の束、中山寺《なかやまでら》の星下り、花合戦、枯れすすき。それから鼠《ねずみ》花火というのは一つずつ輪になっていて箱に詰めてある。そんなものが変に私の心を唆《そそ》った。

それからまた、びいどろという色硝子《ガラス》で鯛《たい》や花を打ち出してあるおはじきが好きになったし、南京玉《なんきんだま》が好きになった。またそれを嘗《な》めてみるのが私にとって何ともいえない享楽《きょうらく》だったのだ。あのびいどろの味ほど幽《かす》かな涼しい味があるものか。私は幼い時よくそれを口に入れては父母に叱《しか》られたものだが、その幼時のあまい記憶が大きくなって落ち魄《ぶ》れた私に蘇《よみがえ》ってくるせいだろうか、全くあの味には幽かな爽《さわ》やかな何となく詩美《しび》といったような味覚が漂っている。

察しはつくだろうが私にはまるで金がなかった。とはいえそんなものを見て少しでも心の動きかけた時の私自身を慰《なぐさ》めるためには贅沢《ぜいたく》ということが必要であった。二銭や三銭のもの――といって贅沢なもの。美しいもの――といって無気力な私の触角にむしろ媚《こ》びて来るもの。――そういったものが自然私を慰めるのだ。

生活がまだ蝕まれていなかった以前私の好きであったところは、例えば丸善《まるぜん》であった。赤や黄のオードコロンやオードキニン。洒落《しゃれ》た切子細工《きりこざいく》や典雅《てんが》なロココ趣味の浮《うき》模様《もよう》を持った琥珀《こはく》色やひすい色の香水壜《びん》。煙管《きせる》、小刀、石鹸、煙草。私はそんなものを見るのに小一時間も費やすことがあった。そして結局一等いい鉛筆を一本買うくらいの贅沢をするのだった。しかしここももうその頃の私にとっては重くるしい場所に過ぎなかった。書籍、学生、勘定台《かんじょうだい》、これらはみな借金取りの亡霊のように私には見えるのだった。

ある朝――その頃私は甲の友達から乙の友達へというふうに友達の下宿を転々として暮らしていたのだが――友達が学校へ出てしまったあとの空虚な空気のなかにぽつねんと一人取り残された。私はまたそこから彷徨《さまよ》い出なければならなかった。何かが私を追いたてる。そして街から街へ、先に云ったような裏通りを歩いたり、駄菓子屋の前で立ち留《ど》まったり、乾物屋の乾蝦《ほしえび》や棒鱈《ぼうだら》や湯葉《ゆば》を眺めたり、とうとう私は二条の方へ寺町を下がり、そこの果物屋で足を留めた。ここでちょっとその果物屋を紹介したいのだが、その果物屋は私の知っていた範囲で最も好きな店であった。そこは決して立派な店ではなかったのだが、果物屋固有の美しさが最も露骨に感ぜられた。果物はかなり勾配《こうばい》の急な台の上に並べてあって、その台というのも古びた黒い漆塗《うるしぬ》りの板だったように思える。何か華やかな美しい音楽の快速調《アッレグロ》の流れが、見る人を石に化したというゴルゴンの鬼面――的なものを差しつけられて、あんな色彩やあんなヴォリウムに凝り固まったというふうに果物は並んでいる。青物《あおもの》もやはり奥へゆけばゆくほど堆《うず》高く積まれている。――実際あそこの人参葉《にんじんば》の美しさなどは素晴らしかった。それから水に漬けてある豆だとか慈姑《くわい》だとか。

またその家の美しいのは夜だった。寺町通は一体に賑《にぎ》やかな通りで――といって感じは東京や大阪よりはずっと澄んでいるが――飾り窓の光がおびただしく街路へ流れ出ている。それがどうした訳かその店頭《みせさき》の周囲だけが妙に暗いのだ。もともと片方は暗い二条通に接している街角になっているので、暗いのは当然であったが、その隣家が寺町通にある家にも拘《かかわ》らず暗かったのが瞭然《はっきり》しない。しかしその家が暗くなかったら、あんなにも私を誘惑するには至らなかったと思う。もう一つはその家の打ち出した廂《ひさし》なのだが、その廂が眼深《まぶか》に冠《かぶ》った帽子の廂のように――これは形容というよりも、「おや、あそこの店は帽子の廂をやけに下げているぞ」と思わせるほどなので、廂の上はこれも真っ暗なのだ。そう周囲が真っ暗なため、店頭に点《つ》けられた幾つもの電燈が驟雨《しゅうう》のように浴びせかける絢爛《けんらん》は、周囲の何者にも奪われることなく、肆《ほしいまま》にも美しい眺めが照らし出されているのだ。裸の電燈が細長い螺旋棒《らせんぼう》をきりきり眼の中へ刺し込んで来る往来に立ってまた近所にある鎰屋《かぎや》の二階の硝子窓をすかして眺めたこの果物店の眺めほど、その時どきの私を興《きょう》がらせたものは寺町の中でも稀《まれ》だった。

その日私はいつになくその店で買物をした。というのはその店には珍しい檸檬《れもん》が出ていたのだ。檸檬などごくありふれている。がその店というのも見すぼらしくはないまでもただあたりまえの八百屋に過ぎなかったので、それまであまり見かけたことはなかった。一体私はあの檸檬が好きだ。レモンエロウの絵具をチューブから搾《しぼ》り出して固めたようなあの単純な色も、それからあの丈《たけ》の詰まった紡錘形《ぼうすいけい》の恰好《かっこう》も。――結局私はそれを一つだけ買うことにした。それからの私はどこへどう歩いたのだろう。私は長い間街を歩いていた。始終私の心を圧えつけていた不吉な塊がそれを握った瞬間からいくらか弛《ゆる》んで来たとみえて、私は街の上で非常に幸福であった。あんなに執拗《しつこ》かった憂鬱《ゆううつ》が、そんなものの一顆《いっか》で紛らされる――あるいは不審なことが、逆説的な本当であった。それにしても心という奴は何という不可思議な奴だろう。

その檸檬の冷たさはたとえようもなくよかった。その頃私は肺尖を悪くしていていつも身体に熱が出た。事実友達の誰彼《だれかれ》に私の熱を見せびらかすために手の握り合いなどをしてみるのだが、私の掌《てのひら》が誰のよりも熱かった。その熱いせいだったのだろう、握っている掌から身内に浸《し》み透《とお》ってゆくようなその冷たさは快《こころよ》いものだった。

私は何度も何度もその果実を鼻に持っていっては嗅《か》いでみた。それの産地だというカリフォルニヤが想像に上《のぼ》って来る。漢文で習った「売柑者之言《ばいかんしゃのげん》」の中に書いてあった「鼻を撲《う》つ」という言葉が断《き》れぎれに浮かんで来る。そしてふかぶかと胸一杯に匂やかな空気を吸い込めば、ついぞ胸一杯に呼吸したことのなかった私の身体や顔には温かい血のほとぼりが昇って来て何だか身内に元気が目覚めて来たのだった。……

実際あんな単純な冷覚や触覚や嗅覚や視覚が、ずっと昔からこればかり探していたのだと云いたくなったほど私にしっくりしたなんて私は不思議に思える――それがあの頃のことなんだから。

私はもう往来を軽やかな昂奮《こうふん》に弾《はず》んで、一種誇りかな気持ちさえ感じながら、美的装束《しょうぞく》をして街を闊歩《かっぽ》した詩人のことなど思い浮かべては歩いていた。汚れた手拭いの上へ載せてみたりマントの上へあてがってみたりして色の反映を量《はか》ったり、またこんなことを思ったり、

――つまりはこの重さなんだな。――

その重さこそ常々《つねづね》私が尋《たず》ねあぐんでいたもので、疑いもなくこの重さは総《すべ》ての善《よ》いもの総ての美しいものを重量に換算して来た重さであるとか、思いあがった諧謔心《かいぎゃくしん》からそんな馬鹿げたことを考えてみたり――何がさて私は幸福だったのだ。

どこをどう歩いたのだろう、私が最後に立ったのは丸善の前だった。平常あんなに

避けていた丸善がその時の私には易々《やすやす》と入れるように思えた。

「今日は一つ入ってみてやろう」そして私はずかずか入って行った。

しかしどうしたことだろう、私の心を充《み》たしていた幸福な感情は段々逃げて行った。香水の壜にも煙管にも私の心はのしかかってはゆかなかった。憂鬱が立て罩《こ》めて来る、私は歩き廻《まわ》った疲労が出て来たのだと思った。私は画本《えほん》の棚の前へ行ってみた。画集の重たいのを取り出すのさえ常に増して力が要《い》るな！ と思った。しかし私は一冊ずつ抜き出してはみる、そして開けてはみるのだが、克明にはぐってゆく気持ちは更に湧いて来ない。しかも呪《のろ》われたことにはまた次の一冊を引き出して来る。それも同じことだ。それでいて一度バラバラとやってみなくては気が済まないのだ。それ以上は堪《たま》らなくなってそこへ置いてしまう。以前の位置へ戻すことさえ出来ない。私は幾度もそれを繰り返した。とうとうおしまいには日頃から大好きだったアングルの橙色《だいだいいろ》の重い本までなお一層の堪《た》え難《がた》さのために置いてしまった。――何という呪われたことだ。手の筋肉に疲労が残っている。私は憂鬱になってしまって、自分が抜いたまま積み重ねた本の群を眺めていた。

以前にはあんなに私をひきつけた画本がどうしたことだろう。一枚一枚に眼を晒《さら》し終わって後《のち》、さてあまりに尋常《じんじょう》な周囲を見廻すときのあの変にそぐわない気持ちを、私は以前には好んで味わっていたものであった。……

「あ、そうだそうだ」その時私は袂《たもと》の中の檸檬を憶《おも》い出した。本の色彩をゴチャゴチャに積みあげて、一度この檸檬で試してみたら。「そうだ」

私にまた先程の軽やかな昂奮が帰って来た。私は手当たり次第に積みあげ、また慌《あわ》ただしく潰《くず》し、また慌ただしく築きあげた。新しく引き抜いてつけ加えたり、取り去ったりした。奇怪な幻想的な城が、その度に赤くなったり青くなったりした。

やっとそれは出来上がった。そして軽く跳《おど》りあがる心を制しながら、その城壁の頂《いただ》きに恐る恐る檸檬を据《す》えつけた。そしてそれは上出来だった。

見わたすと、その檸檬の色彩はガチャガチャした色の階調をひっそりと紡錘形の身体の中へ吸収してしまって、カーンと冴《さ》えかえっていた。私は埃《ほこり》っぽい丸善の中の空気が、その檸檬の周囲だけ変に緊張しているような気がした。私はしばらくそれを眺めていた。

不意に第二のアイディアが起こった。その奇妙なたくらみはむしろ私をぎょっとさせた。

――それをそのままにしておいて私は、何喰わぬ顔をして外へ出る。――

私は変にくすぐったい気持ちがした。「出て行こうかなあ。そうだ出て行こう」そして私はすたすた出て行った。

変にくすぐったい気持ちが街の上の私を微笑《ほほえ》ませた。丸善の棚へ黄金色に輝く恐ろしい爆弾を仕掛けて来た奇怪な悪漢《あっかん》が私で、もう十分後にはあの丸善が美術の棚を中心として大爆発をするのだったらどんなに面白いだろう。

私はこの想像を熱心に追求した。「そうしたらあの気詰まりな丸善も粉葉《こっぱ》みじんだろう」

そして私は活動写真の看板画が奇体な趣で街を彩《いろど》っている京極《きょうごく》を下《さが》って行った。

# メロン

林芙美子

無理なくめんゝをして
メロンを買って
あのひとへ送ったら

あのひとはよその奥様に
「吾机上にメロンあり
　君と食べなば楽しからまし」
と真面目に手紙を書くのだ。

あのひとの帰り
道の果物屋で五銭の梨瓜を買って
私は裸になって
一人で愉しくそれを食べた。

# 赤い蝋燭《ろうそく》と人魚

小川未明

# 一

人魚は、南の方の海にばかり棲《す》んでいるのではありません。北の海にも棲んでいたのであります。

北方の海の色は、青うございました。ある時、岩の上に、女の人魚があがって、あたりの景色を眺めながら休んでいました。

雲間から洩《も》れた月の光が淋《さび》しく、波の上を照らしていました。どちらを見ても限りない、物凄い波がうねうねと動いているのであります。

なんという淋しい景色だろうと人魚は思いました。自分達は、人間とあまり姿は変わっていない。魚や、また底深い海の中に棲んでいる気の荒い、いろいろな獣物《けもの》等とくらべたら、どれほど人間の方に心も姿も似ているかしれない。それだのに、自分達は、やはり魚や、獣物等といっしょに、冷たい、暗い、気の滅入《めい》りそうな海の中に暮らさなければならないというのはどうしたことだろうと思いました。

長い年月の間、話をする相手もなく、いつも明るい海の面《おもて》を憧《あこが》れて、暮らして来たことを思いますと、人魚はたまらなかったのであります。そして、月の明るく照らす晩に、海の面に浮かんで岩の上に休んでいろいろな空想に耽《ふ》けるのが常でありました。

「人間の住んでいる町は、美しいということだ。人間は、魚よりも、また獣物よりも人情があってやさしいと聞いている。私達は、魚や獣物の中に棲んでいるが、もっと人間の方に近いのだから、人間の中に入って暮らされないことはないだろう」と、人魚は考えたのであります。

その人魚は女でありました。そして妊娠《みもち》でありました。私達は、もう長い間、この淋しい、話をするものもない、北の青い海の中で暮らして来たのだから、もはや、明るい、賑《にぎ》やかな国は望まないけれど、これから生まれる子供に、こんな悲しい、頼りない思いをせめてもさせたくないものだ。

子供から別れて、独《ひと》り、淋しく海の中に暮らすということは、この上もない悲しいことだけれど、子供がどこにいても、仕合《しあ》わせに暮らしてくれたなら、私の喜びは、それにましたことはない。

人間は、この世界の中で一番やさしいものだと聞いている。そして可哀《かわい》そうな者や頼りない者は決していじめたり、苦しめたりすることはないと聞いている。一旦手付けたなら、決して、それを捨てないとも聞いている。幸い、私達は、みんなよく顔が人間に似ているばかりでなく、胴から上は全部人間そのままなのであるから――魚や獣物の世界でさえ、暮らされるところを見れば――人間の世界で暮らされないことはない。一度、人間が手に取り上げて育ててくれたら、決して無慈悲に捨てることもあるまいと思われる。

人魚は、そう思ったのでありました。

せめて、自分の子供だけは、賑やかな、明るい、美しい町で育てて、大きくしたいという情から、女の人魚は、子供を陸《おか》の上に産み落そうとしたのであります。そうすれば、自分は、もうふたたび我が子の顔を見ることは出来ないが、子供は人間の仲間入りをして、幸福に生活をするであろうと思ったからであります。

遥《はる》か、彼方《かなた》には、海岸の小高い山にある神社の燈火《ともしび》がちらちらと波間に見えていました。ある夜、女の人魚は、子供を産み落とすために冷たい暗い波の間を泳いで、陸の方に向かって近づいて来ました。

## 二

海岸に小さな町がありました。町にはいろいろな店がありましたが、お宮のある山の下に、小さな蝋燭《ろうそく》を商《あきな》っている店がありました。

その家には、年よりの夫婦が住んでいました。お爺さんが蝋燭を造って、お婆さんが店で売っていたのであります。この町の人や、また付近の漁師がお宮へお詣《まい》りをする時に、この店に立ち寄って蝋燭を買って山へ上りました。

山の上には、松の木が生えていました。その中にお宮がありました。海の方から吹いて来る風が、松の梢《こずえ》に当たって、昼も夜もごうごうと鳴っています。そして、毎晩のように、そのお宮にあがった蝋燭の火影《ほかげ》がちらちらと揺《ゆ》らめいていますのが、遠い海の上から望まれたのであります。

ある夜のことでありました。お婆さんはお爺さんに向かって、

「私達がこうして、暮らしているのもみんな神様のお蔭《かげ》だ。このお山にお宮がなかったら、蝋燭は売れない。私共はありがたいと思わなければなりません。そう思ったついでに、お山へ上ってお詣りをして来ます」と、言いました。

「ほんとうに、お前の言うとおりだ。私も毎日、神様をありがたいと心でお礼を申さない日はないが、つい用事にかまけて、たびたびお山へお詣りに行きもしない。いいところへ気が付きなされた。私の分もよくお礼を申して来ておくれ」と、お爺さんは答えました。

お婆さんは、とぼとぼと家を出かけました。月のいい晩で、昼間のように、外は明るかったのであります。お宮へお詣りをして、お婆さんは山を降りて来ますと、石段の下に赤ん坊が泣いていました。

「可哀そうに捨て児《ご》だが、誰がこんなところに捨てたのだろう。それにしても不思議なことは、お詣りの帰りに私の眼に止まるというのは何かの縁だろう。このままに見捨てて行っては神様の罰《ばち》が当る。きっと神様が私達夫婦に子供のないのを知って、お授けになったのだから帰ってお爺さんと相談をして育てましょう」と、お婆さんは、心のうちで言って、赤ん坊を取り上げると、

「おお可哀そうに、可哀そうに」と、言って、家へ抱いて帰りました。

お爺さんは、お婆さんの帰るのを待っていますと、お婆さんが赤ん坊を抱いて帰って来ました。そして、一部始終《しじゅう》をお婆さんは、お爺さんに話しますと、

「それは、まさしく神様のお授《さず》け子だから、大事にして育てなければ罰が当る」と、お爺さんも申しました。

二人は、その赤ん坊を育てることにしました。その子は女の児《こ》であったのであります。そして胴から下の方は、人間の姿でなく、魚の形をしていましたので、お爺さんも、お婆さんも、話に聞いている人魚にちがいないと思いました。

「これは、人間の子じゃあないが……」と、お爺さんは、赤ん坊を見て頭を傾けました。

「私も、そう思います。しかし人間の子でなくても、なんと、やさしい、可愛らしい顔の女の子でありましょう」と、お婆さんは言いました。

「いいとも、何でも構わない、神様のお授けなさった子供だから大事にして育てよう。きっと大きくなったら、怜悧《りこう》ないい子になるにちがいない」とお爺さんも申しました。

その日から、二人は、その女の子を大事に育てました。子供は、大きくなるにつれて黒眼がちな美しい、頭髪《かみのけ》の色のツヤツヤとした、おとなしい怜悧な子となりました。

三

娘は、大きくなりましたけれど、姿が変わっているので恥ずかしがって顔を出しませんでした。けれど一目その娘を見た人は、みんなびっくりするような美しい器量でありましたから、中にはどうかしてその娘を見ようと思って、蝋燭を買いに来た者もありました。

お爺さんや、お婆さんは、

「うちの娘は、内気で恥ずかしがりやだから、人様の前には出ないのです」と、言っていました。

奥の間でお爺さんは、せっせと蝋燭を造っていました。娘は、自分の思い付きで、きっと絵を描いたら、みんなが喜んで蝋燭を買うだろうと思いましたから、そのことをお爺さんに話しますと、そんならお前の好きな絵をためしに描いてみるがいいと答えました。

娘は、赤い絵具で、白い蝋燭に、魚や、貝や、また海草《うみくさ》のようなものを生まれつき、誰にも習ったのでないが上手に描きました。お爺さんは、それを見るとびっくりいたしました。誰でも、その絵を見ると、蝋燭がほしくなるように、その絵には、不思議な力と美しさとが籠《こ》もっていたのであります。

「うまいはずだ、人間ではない人魚が描いたのだもの」と、お爺さんは感嘆して、お婆さんと話し合いました。

「絵を描いた蝋燭をおくれ」と、言って、朝から、晩まで子供や、大人がこの店頭《みせさき》へ買いに来ました。果たして、絵を描いた蝋燭は、みんなに受けたのであります。

するとここに不思議な話がありました。この絵を描いた蝋燭を山の上のお宮にあげてその燃えさしを身に付けて、海に出ると、どんな大あらしの日でも決して船が顛覆《てんぷく》したり溺《おぼ》れて死ぬような災難がないということが、いつからともなく、みんなの口々に噂となって上りました。

「海の神様を祭ったお宮様だもの、綺麗《きれい》な蝋燭をあげれば、神様もお喜びなさるのにきまっている」と、その町の人々は言いました。

蝋燭屋では、絵を描いた蝋燭が売れるので、お爺さんは、一生懸命に朝から晩まで蝋燭を造りますと、傍《かたわ》らで娘は、手の痛くなるのも我慢して赤い絵具で絵を描いたのであります。

「こんな人間並でない自分をも、よく育て可愛がってくだすったご恩を忘れてはならない」と、娘はやさしい心に感じて、大きな黒い瞳をうるませたこともあります。

この話は遠くの村まで響きました。遠方の船乗りやまた、漁師は、神様にあがった、絵を描いた蝋燭の燃えさしを手に入れたいものだというので、わざわざ遠いところをやって来ました。そして、蝋燭を買って、山に登り、お宮に参詣して、蝋燭に火をつけて捧げ、その燃えて短くなるのを待って、またそれをいただいて帰りました。だから、夜となく昼となく、山の上のお宮には、蝋燭の火の絶えたことはありません。殊《こと》に、夜は美しく燈火の光が海の上からも望まれたのであります。

「ほんとうにありがたい神様だ」と、いう評判は世間に立ちました。それで、急にこの山が名高くなりました。

神様の評判はこのように高くなりましたけれど、誰も、蝋燭に一心を籠めて絵を描いている娘のことを思う者はなかったのです。従ってその娘を可哀そうに思った人はなかったのであります。娘は、疲れて、折々は月のいい夜に、窓から頭を出して、遠い、北の青い、青い海を恋しがって涙ぐんで眺めていることもありました。

四

ある時、南の方の国から、香具師《やし》が入って来ました。何か北の国へ行って、珍しいものを探して、それをば南の方の国へ持って行って金を儲けようというのであります。

香具師は、どこから聞き込んで来ましたか、または、いつ娘の姿を見て、ほんとうの人間ではない、実に世にも珍しい人魚であることを見抜きましたか、ある日のことこっそりと年より夫婦のところへやって来て、娘には分からないように、大金を出すから、その人魚を売ってはくれないかと申したのであります。

年より夫婦は、最初のうちは、この娘は神様のお授けだから、どうして売ることが出来よう。そんなことをしたら罰が当たると言って承知をしませんでした。香具師は一度、二度断られてもこりずに、またやって来ました。そして年より夫婦に向かって、「昔から、人魚は、不吉なものとしてある。今のうちに、手許《てもと》から離さないと、きっと悪いことがある」と、誠《まこと》しやかに申したのであります。

年より夫婦は、ついに香具師の言うことを信じてしまいました。それに大金になりますので、つい金に心を奪われて、娘を香具師に売ることに約束をきめてしまったのであります。

香具師は、大そう喜んで帰りました。いずれそのうちに、娘を受け取りに来ると言いました。

この話を娘が知った時どんなに驚いたであリましょう。内気な、やさしい娘は、この家を離れて幾百里《いくひゃくり》も遠い知らない熱い南の国に行くことを怖れました。そして、泣いて、年より夫婦に願ったのであります。

「私は、どんなにも働きますから、どうぞ知らない南の国へ売られて行くことを許して下さいまし」と、言いました。

しかし、もはや、鬼のような心持ちになってしまった年より夫婦は何といっても娘の言うことを聞き入れませんでした。

娘は、室《へや》の裡《うち》に閉じこもって、一心に蝋燭の絵を描いていました。しかし年より夫婦はそれを見ても、いじらしいとも哀《あわ》れとも思わなかったのであります。

月の明るい晩のことであります。娘は、独り波の音を聞きながら、身の行く末を思うて悲しんでいました。波の音を聞いていると、何となく、遠くの方で、自分を呼んでいるものがあるような気がしましたので、窓から、外を覗いて見ました。けれど、ただ青い青い海の上に月の光が、はてしなく照らしているばかりでありました。

娘は、また、坐って、蝋燭に絵を描いていました。するとこの時、表の方が騒がしかったのです。いつかの香具師が、いよいよその夜娘を連れに来たのです。大きな鉄格子のはまった四角な箱を車に乗せて来ました。その箱の中には、かつて虎や、獅子《しし》や、豹《ひょう》などを入れたことがあるのです。

このやさしい人魚も、やはり海の中の獣物だというので、虎や、獅子と同じように取り扱おうとするのであります。もし、この箱を娘が見たら、どんなに魂消《たまげ》たでありましょう。

娘は、それとも知らずに、下を向いて絵を描いていました。そこへ、お爺さんと、お婆さんとが入って来て、

「さあ、お前は行くのだ」と、言って連れ出そうとしました。

娘は、手に持っている蝋燭に、せき立てられるので絵を描くことが出来ずに、それをみんな赤く塗ってしまいました。

娘は、赤い蝋燭を自分の悲しい思い出の記念《かたみ》に、二、三本残して行ってしまったのです。

## 五

ほんとうに穏やかな晩でありました。お爺さんとお婆さんは、戸を閉めて寝てしまいました。

真夜中頃であります。とん、とん、と誰か戸を叩く者がありました。年よりの者ですから耳敏《さと》く、その音を聞きつけて、誰だろうと思いました。

「どなた？」と、お婆さんは言いました。

けれどもそれには答えがなく、つづけて、とん、とん、と戸を叩きました。

お婆さんは起きて来て、戸を細目にあけて外を覗きました。すると、一人の色の白い女が戸口に立っていました。

女は蝋燭を買いに来たのです。お婆さんは、少しでもお金が儲かるなら、決していやな顔付きをしませんでした。

お婆さんは、蝋燭の箱を出して女に見せました。その時、お婆さんはびっくりしました。女の長い黒い頭髪《かみ》が、びっしょりと水に濡れて、月の光に輝いていたからであります。女は箱の中から、真っ赤な蝋燭を取り上げました。そして、じっとそれに見入っていましたが、やがて銭を払って、その赤い蝋燭を持って帰って行きました。

お婆さんは、燈火《あかり》のところで、よくその銭をしらべてみますと、それはお金ではなくて、貝殻でありました。お婆さんは、騙《だま》されたと思うと怒って、家から飛び出してみましたが、もはや、その女の影は、どちらにも見えなかったのであります。

その夜のことであります。急に空の模様が変わって、近頃にない大あらしとなりました。ちょうど香具師が、娘を檻《おり》の中に入れて船に乗せて、南の方の国へ行く途中で沖合にあった頃であります。

「この大あらしでは、とてもあの船は助かるまい」と、お爺さんと、お婆さんは、ぶるぶると震えながら話をしていました。

夜が明けると沖は真っ暗で物凄い景色でありました。その夜、難船をした船は、数えきれないほどでありました。

不思議なことに、赤い蝋燭が、山のお宮に点《とも》った晩は、どんなに天気がよくてもたちまち大あらしになりました。それから、赤い蝋燭は、不吉ということになりました。蝋燭屋の年より夫婦は、神様の罰が当たったのだといって、それぎり蝋燭屋をやめてしまいました。

しかし、どこからともなく、誰が、お宮に上げるものか、毎晩、赤い蝋燭が点りました。昔は、このお宮にあがった絵の描いた蝋燭の燃えさしを持っていれば、決して海の上では災難に罹《かか》らなかった者が、今度は赤い蝋燭を見ただけでも、その者はきっと災難に罹って、海に溺《おぼ》れて死んだのであります。

たちまち、この噂が世間に伝わると、もはや誰も、山の上のお宮に参詣する者がなくなりました。こうして、昔、あらたかであった神様は、今は、町の鬼門《きもん》となってしまいました。そして、こんなお宮が、この町になければいいのにと怨《うら》まぬ者はなかったのであります。

船乗りは、沖から、お宮のある山を眺めて怖れました。夜になると、北の海の上は、とこしえに物凄うございました。はてしもなく、どっちを見まわしても高い波がうねうねとうねっています。そして、岩に砕けては、白い泡が立ち上がっています。月が雲間から洩れて波の面を照らした時は、まことに気味悪うございました。

真っ暗な、星も見えない雨の降る晩に、波の上から赤い蝋燭の光が漂って、だんだん高く登って、山の上のお宮をさして、ちらちらと動いて行くのを見た者があります。

幾年も経たずして、その下の町は亡《ほろ》びて、失《な》くなってしまいました。

# 一房の葡萄《ぶどう》

有島武郎

僕は小さい時に絵を描くことが好きでした。僕の通っていた学校は横浜の山の手というところにありましたが、そこいらは西洋人ばかり住んでいる町で、僕の学校も教師は西洋人ばかりでした。そしてその学校の行きかえりには、いつでもホテルや西洋人の会社などがならんでいる海岸の通りを通るのでした。通りの海添いに立って見ると、真っ青な海の上に軍艦だの商船だのが一ぱいならんでいて、煙突から煙の出ているのや、檣《ほばしら》から檣へ万国旗をかけわたしたのやがあって、眼がいたいように綺麗《きれい》でした。僕はよく岸に立ってその景色を見渡して、家に帰ると、覚えているだけを出来るだけ美しく絵に描いてみようとしました。けれどもあの透きとおるような海の藍色《あいいろ》と、白い帆前船《ほまえせん》などの水際近くに塗ってある洋紅色《ようこうしょく》とは、僕の持っている絵具ではどうしてもうまく出せませんでした。いくら描いても描いても本当の景色で見るような色には描けませんでした。

ふと僕は学校の友達の持っている西洋絵具を思い出しました。その友達はやはり西洋人で、しかも僕より二つくらい齢《とし》が上でしたから、身長《せい》は見上げるように大きい子でした。ジムというその子の持っている絵具は舶来の上等のもので、軽い木の箱の中に、十二種《いろ》の絵具が、小さな墨のように四角な形にかためられて、二列にならんでいました。どの色も美しかったが、とりわけて藍と洋紅とは喫驚《びっくり》するほど美しいものでした。ジムは僕より身長が高いくせに、絵はずっと下手でした。それでもその絵具をぬると、下手な絵さえがなんだか見ちがえるように美しくなるのです。僕はいつでもそれを羨《うらや》ましいと思っていました。あんな絵具さえあれば、僕だって海の景色を、本当に海に見えるように描いてみせるのになあと、自分の悪い絵具を恨《うら》みながら考えました。そうしたら、その日からジムの絵具がほしくってほしくってたまらなくなりました。けれども僕はなんだか臆病になって、パパにもママにも買って下さいと願う気になれないので、毎日毎日その絵具のことを心の中で思いつづけるばかりで幾日か日がたちました。

今ではいつの頃だったか覚えてはいませんが、秋だったのでしょう。葡萄《ぶどう》の実が熟していたのですから。天気は冬が来る前の秋によくあるように、空の奥の奥まで見すかされそうに晴れわたった日でした。僕達は先生と一緒に弁当をたべましたが、その楽しみな弁当の最中でも、僕の心はなんだか落ち着かないで、その日の空とはうらはらに暗かったのです。僕は自分一人で考えこんでいました。誰かが気がついて見たら、顔もきっと青かったかもしれません。僕はジムの絵具がほしくってほしくってたまらなくなってしまったのです。胸が痛むほどほしくなってしまったのです。ジムは僕の胸の中で考えていることを知っているにちがいないと思って、そっとその顔を見ると、ジムはなんにも知らないように、面白そうに笑ったりして、わきに坐っている生徒と話をしているのです。でもその笑っているのが僕のことを知っていて笑っているようにも思えるし、何か話をしているのが、「いまに見ろ、あの日本人が僕の絵具を取るにちがいないから」といっているようにも思えるのです。僕はいやな気持ちになりました。けれども、ジムが僕を疑っているように見えれば見えるほど、僕はその絵具がほしくてならなくなるのです。

僕はかわいい顔はしていたかもしれないが、体も心も弱い子でした。その上臆病者で、言いたいことも言わずにすますような質《たち》でした。だからあんまり人からは、かわいがられなかったし、友達もない方でした。昼ご飯がすむと他の子供達は活発に運動場に出て走りまわって遊びはじめましたが、僕だけはなおさらその日は変に心が沈んで、一人だけ教場に這入《はい》っていました。そとが明るいだけに教場の中は暗くなって、僕の心の中のようでした。自分の席に坐っていながら、僕の眼は時々ジムの卓《テイブル》の方に走りました。ナイフで色々ないたずら書きが彫りつけてあって、手垢《てあか》で真っ黒になっているあの蓋《ふた》を揚げると、その中に本や雑記帳や石板《せきばん》と一緒になって、飴《あめ》のような木の色の絵具箱があるんだ。そしてその箱の中には小さい墨のような形をした藍や洋紅の絵具が……僕は顔が赤くなったような気がして、思わずそっぽを向いてしまうのです。けれどもすぐまた横眼でジムの卓の方を見ないではいられませんでした。胸のところがどきどきとして苦しいほどでした。じっと坐っていながら、夢で鬼にでも追いかけられた時のように気ばかりせかせかしていました。

教場に這入る鐘がかんかんと鳴りました。僕は思わずぎょっとして立ち上がりました。生徒達が大きな声で笑ったり怒鳴《どな》ったりしながら、洗面所の方に手を洗いに出かけて行くのが窓から見えました。僕は急に頭の中が氷のように冷たくなるのを気味悪く思いながら、ふらふらとジムの卓のところに行って、半分夢のようにそこの蓋を揚げて見ました。そこには僕が考えていたとおり、雑記帳や鉛筆箱とまじって、見覚えのある絵具箱がしまってありました。なんのためだか知らないが僕はあっちこちをむやみに見廻《まわ》してから、手早くその箱の蓋を開けて藍と洋紅との二色《ふたいろ》を取り上げるが早いか、ポッケットの中に押し込みました。そして急いでいつも整列して先生を待っているところに走って行きました。

僕達は若い女の先生に連れられて教場に這入り銘々《めいめい》の席に坐りました。僕はジムがどんな顔をしているか見たくってたまらなかったけれども、どうしてもそっちの方をふり向くことができませんでした。でも僕のしたことを誰も気のついた様子がないので、気味が悪いような安心したような心持ちでいました。僕の大好きな若い女の先生の仰《おっしゃ》ることなんかは耳に這入りは這入っても、なんのことだかちっともわかりませんでした。先生も時々不思議そうに僕の方を見ているようでした。

僕はしかし先生の眼を見るのがその日に限ってなんだかいやでした。そんな風で一時間がたちました。なんだかみんな耳こすりでもしているようだと思いながら一時間がたちました。

教場を出る鐘が鳴ったので僕はほっと安心して溜《た》め息をつきました。けれども先生が行ってしまうと、僕は僕の級で一番大きな、そしてよく出来る生徒に「ちょっとこっちにおいで」と肱《ひじ》のところを掴《つか》まれていました。僕の胸は、宿題をなまけたのに先生に名を指された時のように、思わずどきんと震えはじめました。けれども僕は出来るだけ知らない振りをしていなければならないと思って、わざと平気な顔をしたつもりで、仕方なしに運動場の隅に連れて行かれました。

「君はジムの絵具を持っているだろう。ここに出したまえ」

そういってその生徒は僕の前に大きく拡げた手をつき出しました。そういわれると僕はかえって心が落ち着いて、

「そんなもの、僕持ってやしない」と、ついでたらめをいってしまいました。そうすると三、四人の友達と一緒に僕の側《そば》に来ていたジムが、

「僕は昼休みの前にちゃんと絵具箱を調べておいたんだよ。一つも失《な》くなってはいなかったんだよ。そして昼休みが済んだら二つ失くなっていたんだよ。そして休みの時間に教場にいたのは君だけじゃないか」と少し言葉を震わしながら言いかえしました。

僕はもう駄目だと思うと急に頭の中に血が流れこんで来て顔が真っ赤になったようでした。すると誰だったかそこに立っていた一人がいきなり僕のポッケットに手をさし込もうとしました。僕は一生懸命にそうはさせまいとしましたけれども、多勢《たぜい》に無勢《ぶぜい》でとても叶《かな》いません。僕のポッケットの中からは、見る見るマーブル球《だま》（今のビー球のことです）や鉛のメンコなどと一緒に、二つの絵具のかたまりが掴み出されてし

まいました。「それ見ろ」といわんばかりの顔をして、子供達は憎らしそうに僕の顔を睨《にら》みつけました。僕の体はひとりでにぶるぶる震えて、眼の前が真っ暗になるようでした。いいお天気なのに、みんな休み時間を面白そうに遊び廻っているのに、僕だけは本当に心からしおれてしまいました。あんなことをなぜしてしまったんだろう。取りかえしのつかないことになってしまった。もう僕は駄目だ。そんなに思うと弱虫だった僕は淋《さび》しく悲しくなって来て、しくしくと泣き出してしまいました。

「泣いておどかしたって駄目だよ」とよく出来る大きな子が馬鹿にするような、憎みきったような声で言って、動くまいとする僕をみんなで寄ってたかって二階に引っ張って行こうとしました。僕は出来るだけ行くまいとしたけれども、とうとう力まかせに引きずられて、階子段《はしごだん》を登らせられてしまいました。そこに僕の好きな受け持ちの先生の部屋があるのです。

やがてその部屋の戸をジムがノックしました。ノックするとは這入ってもいいかと戸をたたくことなのです。中からはやさしく「お這入り」という先生の声が聞こえました。僕はその部屋に這入る時ほどいやだと思ったことはまたとありません。

何か書きものをしていた先生は、どやどやと這入って来た僕達を見ると、少し驚いたようでした。が、女のくせに男のように頸《くび》のところでぶつりと切った髪の毛を右の手で撫《な》でてあげながら、いつものとおりのやさしい顔をこちらに向けて、ちょっと首をかしげただけで何の御用という風をしなさいました。そうするとよく出来る大きな子が前に出て、僕がジムの絵具を取ったことを委《くわ》しく先生に言いつけました。先生は少し曇った顔付きをして真面目にみんなの顔や、半分泣きかかっている僕の顔を見くらべていなさいましたが、僕に「それは本当ですか」と聞かれました。本当なんだけれども、僕がそんないやな奴だということを、どうしても僕の好きな先生に知られるのがつらかったのです。だから僕は答える代わりに本当に泣き出してしまいました。

先生はしばらく僕を見つめていましたが、やがて生徒達に向かって静かに「もういってもようございます」といって、みんなをかえしてしまわれました。生徒達は少し物足らなそうにどやどやと下に降りていってしまいました。

先生は少しの間なんとも言わずに、僕の方も向かずに、自分の手の爪を見つめていましたが、やがて静かに立って来て、僕の肩のところを抱きすくめるようにして「絵具はもう返しましたか」と小さな声で仰いました。僕は返したことをしっかり先生に知ってもらいたいので深々と頷《うなず》いてみせました。

「あなたは自分のしたことをいやなことだったと思っていますか」

もう一度そう先生が静かに仰った時には、僕はもうたまりませんでした。ぶるぶると震えてしかたがない唇《くちびる》を、噛《か》みしめても噛みしめても泣き声が出て、眼からは涙がむやみに流れて来るのです。もう先生に抱かれたまま死んでしまいたいような心持になってしまいました。

「あなたはもう泣くんじゃない。よく解ったらそれでいいから泣くのをやめましょう、ね。次の時間には教場に出ないでもよろしいから、私のこのお部屋にいらっしゃい。静かにしてここにいらっしゃい。私が教場から帰るまでここにいらっしゃいよ。いい」と仰りながら僕を長椅子に坐らせて、その時また勉強の鐘がなったので、机の上の書物を取り上げて、僕の方を見ていられましたが、二階の窓まで高く這い上がった葡萄蔓《づる》から、一房の西洋葡萄をもぎって、しくしくと泣きつづけていた僕の膝《ひざ》の上にそれをおいて、静かに部屋を出て行きなさいました。

一時がやがやとやかましかった生徒達はみんな教場に這入って、急にしんとするほどあたりが静かになりました。僕は淋しくって淋しくってしようがないほど悲しくなりました。あのくらい好きな先生を苦しめたかと思うと、僕は本当に悪いことをしてしまったと思いました。葡萄などはとても喰べる気になれないで、いつまでも泣いていました。

ふと僕は肩を軽くゆすぶられて眼をさましました。僕は先生の部屋でいつの間にか泣き寝入りをしていたとみえます。少し痩《や》せて身長の高い先生は、笑顔を見せて僕を見おろしていられました。僕は眠ったために気分がよくなって今まであったことは忘れてしまって、少し恥ずかしそうに笑いかえしながら、慌《あわ》てて膝の上から辷《すべ》り落ちそうになっていた葡萄の房をつまみ上げましたが、すぐ悲しいことを思い出して、笑いも何も引っ込んでしまいました。

「そんなに悲しい顔をしないでもよろしい。もうみんなは帰ってしまいましたから、あなたもお帰りなさい。そして明日はどんなことがあっても学校に来なければいけませんよ。あなたの顔を見ないと私は悲しく思いますよ。きっとですよ」

そういって先生は僕のカバンの中にそっと葡萄の房を入れて下さいました。僕はいつものように海岸通りを、海を眺めたり船を眺めたりしながら、つまらなく家に帰りました。そして葡萄をおいしく喰べてしまいました。

けれども次の日が来ると僕は中々学校に行く気にはなれませんでした。お腹が痛くなればいいと思ったり、頭痛がすればいいと思ったりしたけれども、その日に限って虫歯一本痛みもしないのです。仕方なしにいやいやながら家は出ましたが、ぶらぶらと考えながら歩きました。どうしても学校の門を這入ることは出来ないように思われたのです。けれども先生の別れの時の言葉を思い出すと、僕は先生の顔だけはなんといっても見たくてしかたがありませんでした。僕が行かなかったら先生はきっと悲しく思われるに違いない。もう一度先生のやさしい眼で見られたい。ただその一事《ひとこと》があるばかりで僕は学校の門をくぐりました。

そうしたらどうでしょう、まず第一に待ち切っていたようにジムが飛んで来て、僕の手を握ってくれました。そして昨日のことなんか忘れてしまったように、親切に僕の手をひいて、どぎまぎしている僕を先生の部屋に連れて行くのです。僕はなんだか訳がわかりませんでした。学校に行ったらみんなが遠くの方から僕を見て「見ろ泥棒の嘘つきの日本人が来た」とでも悪口をいうだろうと思っていたのに、こんな風にされると気味が悪いほどでした。

二人の足音を聞きつけてか、先生はジムがノックしない前に戸を開けて下さいました。二人は部屋の中に這入りました。

「ジム、あなたはいい子、よく私の言ったことがわかってくれましたね。ジムはもうあなたからあやまって貰《もら》わなくってもいいと言っています。二人は今からいいお友達になればそれでいいんです。二人とも上手に握手をなさい」と先生はにこにこしながら僕達を向かい合わせました。僕はでもあんまり勝手過ぎるようでもじもじしていますと、ジムはぶら下げている僕の手をいそいそと引っ張り出して堅く握ってくれました。僕はもうなんといってこの嬉しさを表せばいいのか分からないで、ただ恥ずかしく笑う外《ほか》ありませんでした。ジムも気持ちよさそうに、笑顔をしていました。先生はにこにこしながら僕に、

「昨日の葡萄はおいしかったの」と問われました。僕は顔を真っ赤にして「ええ」と白状するより仕方がありませんでした。

「そんならまたあげましょうね」

そういって、先生は真っ白なリンネルの着物につつまれた体を窓からのび出させて、葡萄の一房をもぎ取って、真っ白い左の手の上に粉のふいた紫色の房を乗せて、細長い銀色の鋏《はさみ》で真ん中からぷつりと二つに切って、ジムと僕とに下さいました。真っ白い手の平に紫色の葡萄の粒が重なって乗っていたその美しさを僕は今でもはっきりと

思い出すことが出来ます。

僕はその時から前より少しいい子になり、少しはにかみ屋でなくなったようです。

それにしても僕の大好きなあのいい先生はどこに行かれたでしょう。もう二度とは遇《あ》えないと知りながら、僕は今でもあの先生がいたらなあと思います。秋になるといつでも葡萄の房は紫色に色づいて美しく粉をふきますけれども、それを受けた大理石のような白い美しい手はどこにも見つかりません。

# 小さな王国

谷崎潤一郎

貝島昌吉《かいじましょうきち》がG県のM市の小学校へ転任したのは、今から二年ばかり前、ちょうど彼が三十六歳の時である。彼は純粋の江戸っ子で、生まれは浅草の聖天町《しょうでんちょう》であるが、旧幕時代の漢学者であった父の遺伝を受けたものか、幼い頃から学問が好きであったために、とうとう一生を過《あやま》ってしまった。――と、今ではそう思ってあきらめている。実際、なんぼ彼が世渡りの拙《まず》い男でも、学問で身を立てようなどとしなかったら、――どこかの商店へ丁稚奉公《でっちぼうこう》に行ってせっせと働きでもしていたら、――今頃はひとかどの商人になっていられたかもしれない。少なくとも自分の一家を支えて、安楽に暮らして行くだけのことは出来たに違いない。もともと、中学校へも上げて貰《もら》うことが出来ないような貧しい家庭に育ちながら、学者になろうとしたのが大きな間違いであった。高等小学校を卒業した時に、父親が奉公の口を捜《さが》して小僧になれと云《い》ったのを、彼はあくまで反対してお茶の水の尋常師範《じんじょうしはん》学校へ這入《はい》った。そうして、二十の歳に卒業すると、すぐに浅草区のC小学校の先生になった。その時の月給はたしか十八円であった。当時の彼の考えでは、もちろんいつまでも小学校の教師で甘んずるつもりはなく、一方に自活の道も講じつつ、一方では大いに独学で勉強しようという気であった。彼が大好きな歴史学、――日本支那《しな》の東洋史を研究して、行く末は文学博士になってやろうというくらいな抱負《ほうふ》を持っていた。ところが貝島が二十四の歳に父が亡くなって、その後間もなく妻を娶《めと》ってから、だんだん以前の抱負や意気込みが消磨《しょうま》してしまった。彼は第一に女房が可愛くてたまらなかった。その時まで学問に夢中になって、女のことなぞ振り向きもしなかった彼は、新世帯の嬉しさがしみじみと感ぜられてくるに従い、多くの平凡人と同じように知らず識《し》らず小成《しょうせい》に安《やす》んずるようになった。そのうちには子供が生まれる、月給も少しは殖《ふ》えてくる、というような訳で、彼はいつしか立身出世の志を全く失ったのである。

総領の娘が生まれたのは、彼がC小学校から下谷《したや》区のH小学校へ転じた折で、その時の月給は二十円であった。それから日本橋区のS小学校、赤坂区のT小学校と市内の各所へ転勤して教鞭《きょうべん》を執《と》っていた十五年の間に、彼の地位も追い追いに高まって、月俸四十五円の訓導《くんどう》というところまで漕《こ》ぎつけた。が、彼の収入よりも、一家の生活費の方が遥《はる》かに急激な速力をもって増加するために、年々彼の貧窮《ひんきゅう》の度合いは甚《はなは》だしくなる一方であった。総領の娘が生まれた翌々年に今度は長男の子が生まれる。次から次へと都合六人の男や女の子が生まれて、教師になってから十七年目に、一家を挙げてG県へ引き移る時分には、あたかも七人目の赤ん坊が細君《さいくん》の腹の中にあった。

東京に生い立って、半生を東京に過ごしてきた彼が、突然G県へ引き移ったのは、大都会の生活難の圧迫に堪《た》え切れなくなったからである。東京で彼が最後に勤めていたところは麹町《こうじまち》区のF小学校であった。そこは宮城《きゅうじょう》の西の方の、華族の邸《やしき》や高位高官の住宅の多い山の手の一廓《いっかく》にあって、彼が教えている生徒たちは、大概中流以上に育った上品な子供ばかりであった。その子供たちの間に交じって、同じ小学校に通っている自分の娘や息子たちの、見すぼらしい、哀《あわ》れな姿を見るのが彼にはかなり辛かった。自分たち夫婦はどんなに尾羽《おは》打ち枯らしても、せめて子供には小《こ》ざっぱりとしたなりをさせてやりたかった。どこそこのお嬢さんが着ているような洋服が買って欲しい。あのリボンが欲しい。あの靴が欲しい。夏になれば避暑に行きたい。そう云って子供にせがまれると、ひとしお不便《ふびん》さが増してきて、親としての腑《ふ》がいなさがつくづくと胸に沁《し》みた。その上にまた、彼は父親に死に後《おく》れた一人の老母をも養わなければならなかった。律儀《りちぎ》で小心で情に脆《もろ》い貝島は、それらのことを始終《しじゅう》苦に病んで、家族の者に申し訳がないような気持ちにばかりなっていた。で、いっそのこと暮らしの懸《か》かる東京を引き払って、田舎の町に呑気《のんき》な生活を営んでみよう。そうして少しは家族の者を安穏《あんのん》にさせてやりたいと思ったのである。G県のM市を択《えら》んだのは、そこが細君の郷里である縁故《えんこ》から、幸いにも転任の口を世話してくれる人があったためである。

M市は、東京から北の方へ三十里《り》ほど離れた、生糸《きいと》の生産地として名高い、人口四、五万ばかりの小さな都会であった。広い広い関東の野が中央山脈の裾《すそ》に打《ぶ》つかって、次第に狭く縮まろうとしているあたりの、平原の一端に位《くらい》している町で、市街を取り巻く四方の郊外には見渡すかぎりの一面の桑畑があった。空の青々と晴れた日には、I温泉で有名なHの山や、その山容《さんよう》の雄大と荘厳《そうごん》とで名を知られたAの山などが、打ち続く家並みの甍《いらか》の彼方に聳《そび》えているのが、往来のどこからでも眺められた。町の中にはT河の水を導いた堀割りが、青く涼しく、さらさらと流れていて、I温泉へ聯絡《れんらく》する電車の走っている大通りの景色は、田舎のわりには明るくて賑《にぎ》やかで、何となく情趣《じょうしゅ》に富んでいた。貝島が敗残の一家を率いて、始めてそこへ移り住んだのは、ある年の五月の上旬で、その町を囲繞《いじょう》する自然の風物が、一年中で最も美しい、最も光り輝かしい、初夏の日の一日であった。長い間神田の猿楽町《さるがくちょう》のむさくろしい裏長屋に住み馴《な》れた一家の者は、重暗く息苦しい穴の奥から、急にカラリとした青空の下《もと》へ運び出されたような気がして、ほっと欣《よろこ》びの溜《た》め息をついた。子供たちは、毎日城跡《しろあと》の公園の芝生の上や、T河の堤防のこんもりとした桜の葉がくれや、満開の藤の花が房々と垂《た》れ下がったA庭園の池の汀《みぎわ》などへ行って、嬉々《きき》として遊んだ。貝島も、貝島の妻も、ことし六十いくつになる老母も、俄《にわか》に放たれたような気楽さを覚えて、年に一遍《いっぺん》、亡父の墓参に出かけるより外《ほか》は、東京というところを恋しいともなつかしいとも思いはしなかった。

彼が教職に就《つ》いたD小学校は、M市の北の町はずれにあって、運動場の後ろの方には例の桑畑が波打っていた。彼は日々、教室の窓から晴れやかな田園の景色を望み、遠く、紫色に霞《かす》んでいるA山の山の襞《ひだ》に見惚《みほ》れながら、伸び伸びとした心持ちで生徒たちを教えていた。赴任した年に受け持ったのが男子部の尋常三年級で、それが四年級になり、五年級に進むまで、足かけ三年の間、彼はずっとその級を担当していた。麹町区のF小学校に見るような、キチンとした身なりの上品な子供はいなかったけれど、さすがに県庁のある都会だけに、満更《まんざら》の片田舎とは違って、相当に物持ちの子弟《してい》もいれば頭脳の優れた少年もないではなかった。中にはまた、東京の生徒に輪をかけて狡猾《こうかつ》な、始末に負えない腕白《わんぱく》なものも交じっていた。

土地の機業家《きぎょうか》でG銀行の重役をしている鈴木某の息子と、S水力電気株式会社の社長の中村某の息子と、この二人が級中での秀才で、貝島が受け持っている三年間に、首席はいつも二人の内のいずれかが占めていた。腕白な方ではK町の生薬屋《きぐすりや》の悴《せがれ》の西村というのが隊長であった。それからT町に住んでいる医者の息子の有田というのが、弱虫でお坊っちゃんで、両親に甘やかされているせいか、服装なども一番贅沢《ぜいたく》なようであった。しかし性来《せいらい》子供が好きで、二十年近くも彼等の面倒を見てきた貝島は、いろいろの性癖を持った少年の一人一人に興味を覚えて、誰彼《だれかれ》の区別なく、平等に親切に世話を焼いた。場合によれば随分厳しい体罰を与えたり、大声で叱《しか》り飛ばしたりすることもあったが、長い間の経験で児童の心理を呑《の》み込んでいるために、生徒たちにも、教員仲間や父兄の方面にも、彼の評判は悪くはなかった。正直で篤実《とくじつ》で、老練な先生だということになっていた。

貝島がM市へ来てからちょうど二年目の春の話である。D小学校の四月の学期の変わりめから、彼の受け持っている尋常五年級へ、新しく入学した一人の生徒があった。顔の四角な、色の黒い、恐ろしく大きな巾着頭《きんちゃくあたま》のところどころに白雲《しらくも》の出来ている、憂鬱《ゆううつ》な眼つきをした、ずんぐりと肩の円《まる》い太った少年で、名前を沼倉庄吉《ぬまくらしょうきち》といった。

何でも近頃M市の一廓に建てられた製糸工場へ、東京から流れ込んで来たらしい職工の忰で、裕福な家の子でないことは、卑《いや》しい顔だちや垢《あか》じみた服装によっても明らかであった。貝島は始めてその子を引見した時に、これはきっと成績のよくない、風儀の悪い子供だろうと、直感的に感じたが、教場へつれて来て試してみると、それほど学力も劣等ではないらしく、性質も思いの外温順で、むしろ無口なむっつりとした落ち着いた少年であった。

すると、ある日のことである。昼の休みに運動場をぶらつきながら、生徒たちの余念もなく遊んでいる様子を眺めていた貝島は、——これは貝島の癖であって、子供の性能や品行などを観察するには、教場よりも運動場における彼等の言動に注意すべきであるというのが、平素の彼の持論であった。——今しも彼の受け持ちの生徒等が、二組に分かれて戦争ごっこをしているのを発見した。それだけならば別に不思議でも何でもないが、その二組の分かれ方がいかにも奇妙なのである。全級で五十人ばかりの子供があるのに、甲の組は四十人ほどの人数から成り立ち、乙の組には僅《わず》かに十人ばかりしか付いていない。そうして甲組の大将は例の生薬屋の忰の西村であって、二人の子供を馬にさせて、その上に跨《また》がりながら、頻《しき》りに味方の軍勢を指揮している。

乙の組の大将はと見ると、意外にも新入生の沼倉庄吉である。これも同じく馬に跨がって、平生《へいぜい》の無口に似合わず、眼を瞋《いか》らし声を励まして小勢の部下を叱咤《しった》しながら、自ら陣頭に立って目にある敵の大軍の中へ突進して行く。全体沼倉は入学してからまだ十日にもならないのにいつの間にこれほどの勢力を振るうようになったのだろう。貝島はその時ふいと好奇心を唆《そそ》られたので、両頬《りょうほお》に無邪気《むじゃき》な子供らしい微笑を浮かべながら、さも面白さに釣り込まれたような顔つきをして、なおも熱心に合戦の模様を見守っていた。と、多勢の西村組はたちまちのうちに沼倉組の小勢のために追い捲《まく》られて、滅茶滅茶《めちゃめちゃ》に隊伍《たいご》を掻《か》き乱された揚げ句、右往左往に逃げ惑っている。もっとも沼倉組の方には、腕力の強い一騎当千《いっきとうせん》の少年ばかり集まってはいるのだけれど、それにしても西村組の敗北のしかたはあまりに意気地がなさ過ぎる。殊《こと》に彼等は、誰よりも沼倉一人を甚だしく恐れているらしい。外の敵に対しては、衆を恃《たの》んでかなり勇敢に抵抗するのだが、一度《ひとたび》沼倉が馬を進めて駈《か》けて来るや否《いな》や、彼等は急に浮き足立って、ろくろく戦いもせずに逃げ出してしまう。果ては大将の西村までが、沼倉に睨《にら》まれると一《ひと》縮みに縮み上がって、降参した上に生け捕りにされたりする。そのくせ沼倉は腕力を用うるのでも何でもなく、ただ縦横に敵陣を突破して、馬上から号令をかけ怒罵《どば》を浴びせるだけなのである。

「よし、さあもう一遍戦《いくさ》をしよう。今度は己《おれ》の方は七人でいいや。七人ありゃたくさんだ」

こんなことを云って、沼倉は味方の内から三人の勇士を敵に与えて、再び合戦を試みたが、相変わらず西村組は散々に敗北する。三度目には七人を五人にまで減らした。それでも沼倉組は盛んに悪戦苦闘して、結局勝ちを制してしまった。

その日から貝島は、沼倉という少年に特別の注意を払うようになった。けれども教場にいる時は別段普通の少年と変わりがない。読本を読ませてみても、算術をやらせてみても、常に相当の出来栄えである。宿題なども怠《なま》けずに答案を拵《こしら》えて来る。そうして始終黙々と机に凭《よ》って、不機嫌そうに眉《まゆ》をしかめているばかりなので、貝島にはちょっとこの少年の性格を端倪《たんげい》することが出来なかった。とにかく教師を馬鹿にしたり、悪戯《いたずら》を煽動《せんどう》したり、級中の風儀《ふうぎ》を紊《みだ》したりするような、悪性の腕白者ではないらしく、同じ餓鬼《がき》大将にしても余程《よほど》毛色の違った餓鬼大将であるらしかった。

ある日の朝、修身の授業時間に、貝島が二宮尊徳《にのみやそんとく》の講話を聞かせたことがあった。いつも教壇に立つ時の彼は、ごく打ち解けた、慈愛に富んだ態度を示して、やさしい声で生徒に話しかけるのであるが、修身の時間に限って特別に厳格にするというふうであった。おまけにその時は、午前の第一時間でもあり、うららかな朝の日光が教室の窓ガラスからさし込んで、部屋の空気がしーんと澄み渡っているせいか、生徒の気分も爽《さわ》やかに引き締まっているようであった。

「今日は二宮尊徳先生のお話をしますから、みんな静粛《せいしゅく》にして聞かなければいけません」

こう貝島が云い渡して、厳《おごそ》かな調子で語り始めた時、生徒たちは水を打ったように静かにして、じっと耳を欹《そばだ》てていた。隣の席へ無駄話をしかけては、よく貝島に叱られるおしゃべりの西村までが、今日は利口《りこう》そうな目をパチクリやらせて、一心に先生の顔を仰《あお》ぎ視《み》ていた。しばらくの間は、諄々《じゅんじゅん》と説きだす貝島の話し声ばかりが、窓の向こうの桑畑の方にまでも朗らかに聞こえて、五十人の少年が行儀よく並んでいる室内には、カタリとの物音も響かなかった。

「——そこで二宮先生は何と云われたか、どうすれば一旦傾きかけた服部の家運《かうん》を挽《ばん》回《かい》することが出来ると云われたか、先生が服部の一族に向かって申し渡された訓戒《くんかい》というのは、つまり節倹《せっけん》の二字でありました。——」

貝島も不断《ふだん》よりは力の籠《こ》もった弁舌《べんぜつ》で、流暢《りゅうちょう》に語り続けていると、その時までひっそりとしていた教場の隅の方で、誰かがひそひそと無駄話をしているのが、微《かす》かに貝島の耳に触った。貝島はちょいと厭《いや》な顔をした。せっかくみんなが気を揃えて静粛を保っているのに、——全く、今日は珍しいほど生徒の気分が緊張している様子だのに、誰が余計なおしゃべりをしているのだろう。そう思って、貝島はわざと大きな咳払《せきばら》いをして、声のする方をチラリと睨みつけながら、再び講話を進めて行った。が、ほんの一、二分間沈黙したかと思うと、またしても話し声はこそこそと聞こえて来る。それがちょうど、歯の痛みか何かのように、チクチクと貝島の神経を苛立《いらだ》たせるので、彼は内々癇癪《かんしゃく》を起こしながら、話し声が聞こえる度に急いでその方を振り向くと、途端にパッタリと止んでしまって、誰がしゃべっているのだかは容易に分からなかった。けれどもそれは、教室の右の隅の方の、沼倉の机の近所から聞こえて来るらしく、しゃべっている者はたしかに沼倉に違いないと推量されて来た。もしもその者が沼倉以外の生徒であったならば、殊にいたずら者の西村なぞであったらば、貝島はすぐにも向き直って叱りつけるところだけれど、なぜか彼には沼倉という子供が叱りにくいような気がした。何だかこう、子供でいて子供でないような、煙ったい人間のように感ぜられて、叱るのが気の毒でもあれば不躾《ぶしつけ》でもあるかの如《ごと》く思われたのであった。一つにまだ馴染みの薄いためでもあるが、彼は今日まで沼倉に対して、教室での質問以外に、親しみ深い言葉を交えたことは一度もなかった。で、なるべくならば叱らずに済ませよう、そのうちには黙るだろう、と、出来るだけ貝島は知らない風を装っていると、反対に話し声はだんだん無遠慮に高まって来て、ついには沼倉の口を動かす様子までが、彼の眼に付くようになった。

「誰ださっきからべちゃべちゃとしゃべっているのは？　誰だ？」

と、とうとう彼は我慢し切れなくなって、こう云いながら籐《とう》の鞭《むち》でびしッと机の板を叩《たた》いた。

「沼倉！　お前だろうさっきからしゃべっていたのは？　え？　お前だろう？」

「いいえ、僕ではありません。……」

沼倉は臆する色もなく立ち上がって、こう答えながらずっと自分の周囲を見廻《まわ》した後、

「さっきから話をしていたのはこの人です」

と、いきなり自分の左隣に腰かけている野田という少年を指さした。

「いいや、先生はお前のしゃべっているところをちゃんと見ていたのです。お前は野田と話をしていたのではない。お前の右にいる鶴崎《つるさき》と二人でしゃべっていたのだ。なぜそういう嘘をつくのですか」

貝島はいつになくムカムカと腹を立てて顔色を変えた。なぜかというのに、沼倉が自分の罪をなすりつけようとした野田という少年は、平生から温厚な品行の正しい生徒なのである。野田は沼倉に指さされた瞬間、はっと驚いたような眼瞬《まばた》きをして、憐《あわ》れみを乞《こ》うが如くに相手の眼の色を恐る恐る窺《うかが》っていたが、やがて何事かを決心したように、真っ青な顔をして立ち上がると、

「先生沼倉さんではありません。僕が話をしていたのです」

と、声をふるわせて云った。多勢の生徒は嘲《あざけ》るような眼つきをして一度に野田の方を振り返った。

それが貝島にはいよいよ腹立たしかった。野田はめったに教場の中で無駄口をきくような子供ではない。彼は大方、この頃級中の餓鬼大将として威張っている沼倉から、不意に無実の罪を着せられて、拠《よ》ん所《どころ》なく身代わりに立ったのだろう。もしも罪を背負わなかったら、後で必ず沼倉にいじめられるのだろう。そうだとすれば沼倉は尚更《なおさら》

憎むべき少年である。十分に彼を詰問して、懲《こ》らしめた上でなければ、このまま赦《ゆる》す訳にはいかない。

「先生は今、沼倉に尋《たず》ねているのです。外の者はみんな黙っておいでなさい」

貝島はもう一遍びしりッと鞭をはたいた。

「沼倉、お前はなぜそういう嘘をつくのです。先生はたしかにお前のしゃべっているところを見たから云うのです。自分が悪いと思ったら、正直に白状して、自分の罪をあやまりさえすれば、先生は決して深く叱言《こごと》を云うのではありません。それだのにお前は、嘘をつくばかりか、却《かえ》って自分の罪を他人になすり付けようとする。そういう行いは何よりも一番悪い。そういう性質を改めないと、お前は大きくなってからロクな人間にはならないぞ」

そう云われても、沼倉はビクともせずに、例の沈鬱《ちんうつ》な瞳を据《す》えて、上眼づかいに貝島の顔をじろじろと睨み返している。その表情には、多くの不良少年に見るような、意地の悪い、胆《きも》の太い、獰猛《どうもう》な相が浮かんでいた。

「なぜお前は黙っているのか。先生の今云ったことが分からないのか」

貝島は、机の上に開いておいた修身の読本を伏せて、つかつかと沼倉の机の前にやって来た。そうして、あくまでも彼を糾明《きゅうめい》するらしい気勢《きせい》を示しながら、場合によっては体罰をも加えかねないかのように、両手で籐の鞭をグッと撓《しな》わせて見せた。生徒一同は俄に固唾《かたず》を呑《の》んで手に汗を握った。何事か大事件の突発する前のような、さっきとは意味の違った静かさが、急に室内へしーんと行き亘《わた》った。

「どうしたのだ沼倉、なぜ黙っている？　先生がこれほど云うのに、なぜ強情《ごうじょう》を張っている？」

貝島の手に満を引いている鞭が、あわや沼倉の頬っぺたへ飛ぼうとする途端に、

「僕は強情を張るのではありません」

と、彼の濃い眉毛を一層曇らせて、低くかすれた、同時にいかにも度胸の据わったしぶとい声でいった。

「話をしたのはほんとうに野田さんなのです。僕は嘘を云うのではありません」

「よし！　こっちへ来い！」

貝島は彼の肩先をムズと鷲掴《わしづか》みにして荒々しく引き立てながら、容易ならぬ気色《けしき》で云った。

「こっちへ来て、先生がいいと云うまでその教壇の下で立っていなさい。お前が自分

で罪を後悔しさえすれば、先生はいつでも赦してあげる。しかし強情を張っていれば日が暮れても赦しはしないぞ」

「先生、……」

と、その時野田がまた立ち上がって云った。沼倉は横目を使って、素早く野田に一瞥《いちべつ》をくれたようであった。

「ほんとうに沼倉さんではありません。沼倉さんの代わりに僕を立たせて下さい」

「いや、お前を立たせる必要はない。お前には後でゆっくり云って聞かせます」

こう云って貝島は、遮二無二《しゃにむに》沼倉を引き立てようとすると、今度はまた別の生徒が、

「先生」

と云って立ち上がった。見るといたずら小僧の西村であった。その少年の顔には、平生の腕白らしい、鼻ったらしのやんちゃんらしい表情が跡かたもなく消えて、十一、二の子供とは思われないほど真面目くさった、主君のためには身命を投げ出した家来のような、犯し難い勇気と覚悟とが閃《ひらめ》いているのであった。

「いや、先生は罪のない者を罰する訳にはいきません。沼倉が悪いから沼倉を罰するのです。叱られもしない者が余計なことを云わぬがいい！」

貝島はかあッとなった。どうして皆が沼倉の罪を庇《かば》うのだか分からなかった。それほど沼倉は、常に彼等を迫害したり威嚇《おど》したりしているのだとすれば、ますますもってけしからんことだと思った。

「さあ！　早く立たんか早く！　こっちへ来いと云うのになぜ貴様は動かんのだ！」

「先生」

と、また一人立ち上がったものがあった。

「先生、沼倉さんを立たせるのなら僕も一緒に立たして下さい」

こう云ったのは、驚いたことには級長を勤めている秀才の中村であった。

「何ですと？」

貝島は覚えず呆然《ぼうぜん》として、掴んでいる沼倉の肩を放した。

「先生、僕も一緒に立たせて下さい」

つづいて五、六人の生徒がどやどやと席を離れた。その尾について、次から次へとほとんど全級残らずの生徒が、異口同音《いくどうおん》に「僕も僕も」と云いながら貝島の左右へ集まって来た。彼等の態度には、少しも教師を困らせようとする悪意があるのではないらしく、ことごとく西村と同じように、自分が犠牲となって沼倉を救おうとする決心が溢《あふ》れて見えた。

「よし、それなら皆立たせてやる！」

貝島は癇癪と狼狽《ろうばい》のあまり、もう少しで前後の分別もなくこう怒号《どごう》するところであった。もしも彼が年の若い、教師としての経験の浅い男だったら、きっとそうしたに違いないほど、彼は神経を苛立たせた。が、そこはさすがに老練をもって聞こえているだけに、まさか尋常五年生の子供を相手にムキになろうとはしなかった。それよりも彼は、沼倉という一少年が持っている不思議な威力について、内心に深い驚愕《きょうがく》の情を禁じ得なかったのである。

「沼倉が悪いことをしたから、先生はそれを罰しようとしているのに、どうしてそんなことを云うのですか。一体お前たちはみんな考えが間違っているのです」

貝島はさもさも当惑《とうわく》したようにこう云って、仕方なく沼倉を懲罰《ちょうばつ》するのを止めてしまった。

その日は一同へ叱言を云って済ませたようなものの、以来貝島の頭には、沼倉のことが一つの研究材料として始終思い出されていた。小学校の尋常五年生といえば、十一、二歳の頑是《がんぜ》ない子供ばかりである。親の意見でも教師の命令でもなかなか云うことを聴かないで暴れ廻る年頃であるのに、それが揃って沼倉を餓鬼大将と仰ぎ、全級の生徒がほとんど彼の手足のように動いている。沼倉が来る前に餓鬼大将として威張り散らしていた西村はもちろんのこと、優等生の中村だの鈴木だのまでが、懼《おそ》れているのか心服《しんぷく》しているのか、とにかく彼の命令を遵奉《じゅんぽう》して、この間のように沼倉の身に間違いでもあれば、自ら進んで代わりに体罰を受けようとする。沼倉にどれほど強い腕力や肝ッ玉があるにもせよ、彼とてもやっぱり同年配の鼻ったらしに過ぎないのに、「先生がこう云った」というよりも、「沼倉さんがこう云った」という方が、彼等の胸には遥かに恐ろしくピリッと響くらしい。貝島は永年の間小学校の児童を扱って、随分厄介な不良少年や、強情な子供にてこ擦《ず》った覚えはあるが、これまでにまだ沼倉のような場合を一遍も見たことはなかった。その子がどうしてかくまでも全級の人望を博したのか、どうして五十人の生徒をあれほどみごとに威服《いふく》させたのか、それはたしかに多くの小学校において、あまり例のない出来ごとであった。

全級の生徒を慴服《しょうふく》させて手足の如く使うということ、単にそれだけのことは、必ずしも悪い行いではない。沼倉という子供にそれだけの徳望《とくぼう》があり、威力があってそうなったのならば、彼を叱責《しっせき》する理由は毛頭《もうとう》もない。ただ貝島が怖れたのは、彼が稀《まれ》にみる不良少年、――とても一筋縄《ひとすじなわ》では行けないような世にも恐ろしい悪童《あくどう》であって、そのために級中の善良な分子までが、心ならずも圧迫されているのではないだろうか、追い追いと自分の勢力を利用して、悪い行為や風俗を全級に流行させたり教唆《きょうさ》したりしないだろうか、――ということだった。あれだけの人望と勢力とをもって、級中に悪い風儀をはやらせられたらそれこそ大事件であると思った。しかし、貝島は、幸い自分の長男の啓太郎《けいたろう》が同じ級の生徒なので、それとなく様子を聞いてみると、だんだん彼の心配の杞憂《きゆう》に過ぎないことが明らかになった。

「沼倉ッていう子は悪い子供じゃないんだよ、お父さん」

啓太郎は父に尋ねられると、しばらくモジモジして、それを云っていいか悪いかと迷いながら、ポツリポツリと答えるのであった。

「そうかね、ほんとうにそうかね、お前の云付け口を聞いたからといって、何もお父さんは沼倉を叱る訳じゃないんだから、ほんとうのことを云いなさい。この間の修身の時間のことは、あれは一体どうしたんだ。沼倉は自分で悪いことをしておきながら、野田に罪をなすり付けたりしたじゃないか」

するとと啓太郎は下《しも》のような弁解をした。――あれはなるほど悪い行いには違いない。

けれども沼倉は格別人を陥《おとしい》れようなどという深い企《たくら》みがあったのではなく、実は自分の部下の者（即《すなわ》ち全体の生徒）が、どれほど自分に心服しているか、どれほど自分に忠実であるかを試験するために、わざとあんな真似をやったのである。あの日のあの事件の結果として、沼倉は級中の総《すべ》ての少年が一人残らず彼のために甘んじて犠牲になろうとしたこと、そうしてさすがの先生も手の出しようがなかったことを、十分にたしかめ得たのである。当時彼の指名に応じて、第一に潔《いさぎよ》く罪を引き受けようとした野田や、野田の次に名乗って出た西村や中村や、この三人は中でも忠義第一の者として、後に沼倉からその殊勲《しゅくん》を表彰された。――啓太郎の話す意味を補ってみると、大体こういう事情であるらしかった。で、沼倉がいかにして、いつ頃からそれほどの権力を振るうようになったかというと、――啓太郎の頭ではその原因をハッキリと説明することは出来なかったけれども、――要するに彼は勇気と、寛大と、義侠《ぎきょう》心とに富んだ少年であって、それが次第に彼をして級中の覇者《はしゃ》たる位置に就かしめたものらしい。単に腕力からいえば、彼は必ずしも級中第一の強者ではない。相撲を取らせれば却って西村の方が勝つくらいである。ところが沼倉は西村のように弱い者いじめをしないから、二人が喧嘩《けんか》をするとなれば、大概の者は沼倉に味方をする。それに相撲では弱いにも拘《かかわ》らず、喧嘩となると沼倉は馬鹿に強くなる。腕力以外の、凜然《りんぜん》とした意気と威厳とが、全身に充《み》ちてきて、相手の胆力《たんりょく》を一呑《ひと》みに呑んでしまう。彼が入学した当座は、しばらく西村との間に争覇《そうは》戦が行われたが、じきに西村は降参しなければならなくなった。「ならなくなった」どころではない、今では西村は喜んで彼の部下となっている。実際沼倉は、「己は太閤秀吉《たいこうひでよし》になるんだ」と云っているだけに、何となく度量の弘《ひろ》い、人なつかしいところがあって、最初に彼を敵視した者でも、しまいには怡々《いい》として命令を奉《ほう》ずるようになる。西村が餓鬼大将の時分には、容易に心服しなかった優等生の中村にしろ鈴木にしろ、沼倉に対しては最も忠実な部下となって、ひたすら彼に憎まれないように、おべっかを使ったりご機嫌を取ったりしている。啓太郎は今日まで、ひそかに中村と鈴木とを尊敬していたけれど、沼倉が来てから後は、二人ともちっともえらくないような気がしだした。学問の成績こそ優れていても、沼倉に比べれば二人はまるで大人の前へ出た子供のようにしか見えない。――まあそんな訳で、現在誰一人も沼倉に拮抗《きっこう》しようとする者はない。みんな心から彼に悦服《えっぷく》している。どうかすると随分我《わ》が儘《まま》な命令を発したりするが、多くの場合沼倉のなすことは正当である。彼はただ自分の覇権が確立しさえすればいいので、その権力を乱用するような真似はめったにやらない。たまたま部下に弱い者いじめをしたり、卑屈《ひくつ》な行いをしたりする奴があると、そういう時には極めて厳格な制裁を与える。だから弱虫の有田のお坊っちゃんなぞは、沼倉の天下になったのを誰よりも一番有り難がっている。――

　以上の話を、悴の啓太郎から委《くわ》しく聞き取った貝島は、一層沼倉に対して興味を抱《いだ》かずにはいられなかった。啓太郎の言葉が偽《いつわ》りでないとすれば、たしかに沼倉は不良少年ではない。餓鬼大将としても頗《すこぶ》る殊勝《しゅしょう》な嘉《よみ》すべき餓鬼大将である。卑しい職工の息子ではあるけれど、あるいはこういう少年が将来ほんとうの英傑《えいけつ》となるのかも測り難い。同級の生徒を自分の部下に従えて威張り散らすということは、そういう行為を許しておくことは多少の弊害があるにもせよ、生徒たちが甘んじて悦服しているのなら、強いて干渉《かんしょう》する必要もないし、干渉したところで恐らく効果がありそうにもない。いや、それよりもむしろ沼倉の行いを褒めてやる方がいい。子供ながらも正義を重んじ、任侠《にんきょう》を尚《たっと》ぶ彼の気概を賞賛して、なおこの上にも生徒の人望を博するように励ましてやろう。彼の勢力を善《よ》い方へ利用して、級全体のためになるように導いてやろう。貝島はこう考えたので、ある日授業が終わってから、沼倉を傍《そば》へ呼んだ。

「先生がお前を呼んだのは、お前を叱るためではない。先生は大いにお前に感心している。お前にはなかなか大人も及ばないえらいところがある。全級の生徒に自分のいい付けをよく守らせるということは、先生でさえ容易に出来ない仕業《しわざ》だのに、お前はそれをちゃんとやってみせている。お前に比べると、先生などは却って恥ずかしい次第だ」

人のよい貝島は実際腹の底からこう感じたのであった。自分は二十年も学校の教師を勤めていながら、一級の生徒を自由に治めて行くだけの徳望と技倆《ぎりょう》とにおいて、この幼い一少年に及ばないのである。自分ばかりか総ての小学校の教員のうちで、よく餓鬼大将の沼倉以上に、生徒を感化し心服させ得る者があるだろうか。われわれ「学校の先生」たちは大きななりをしていながら、沼倉のことを考えると忸怩《じくじ》たらざるを得ないではないか。われわれの生徒に対する威信と慈愛とが、沼倉に及ばない所以《ゆえん》のものは、つまりわれわれが子供のような無邪気な心になれないからなのだ。全く子供と同化して一緒になって遊んでやろうという誠意はないからなのだ。だからわれわれは、今後大いに沼倉を学ばなければならない。生徒から「恐い先生」として畏敬《いけい》されるよりも、「面白いお友達」として気に入られるように努めなければならない。……

「そこで先生は、お前がこの後もますます今のような心がけで、生徒のうちに悪い行いをする者があれば懲らしめてやり、善い行いをする者には加勢をして励ましてやり、全級が一致してみんな立派な人間になるように、みんなお行儀がよくなるように導いて貰いたい。これは先生がお前に頼むのだ。とにかく餓鬼大将という者は乱暴を働いたり、悪いことを教えたりして困るものだが、お前がそうしてみんなのためを計ってくれれば先生もどんなに助かるか分からない。どうだね沼倉、先生の云ったことを承知したかね」

　意外の言葉を聞かされた少年は、腑に落ちないような顔をして、優和《ゆうわ》な微笑をうかべている先生の口元を仰いでいたが、しばらくたってから、ようよう貝島の精神を汲《く》み取ることが出来たとみえて、

「先生、分かりました。きっと先生の仰《おっしゃ》るとおりにいたします」

と、いかにも嬉しそうに、得意の色を包みかねてニコニコしながら云った。

　貝島にしても満更得意でないことはなかった。自分はさすがに、児童の心理を応用する道を知っている。一つ間違えば手に負えなくなる沼倉のような少年を、自分は巧《たく》みに善導《ぜんどう》した。やっぱり自分は小学校の教師としてどこか老練《ろうれん》なところがある。そう

思うと彼は愉快《ゆかい》であった。

明くる日の朝、学校へ出て行った貝島は、自分の沼倉操縦策が予期以上に成功しつつある確証を握って、更に胸中の得意さを倍加させられた。なぜかというのに、その日から彼が受け持ちの教室の風規《ふうき》は、気味の悪いほど改まって、先生の注意を待つまでもなく、授業中に一人として騒々《そうぞう》しい声を出す者がない。生徒はまるで死んだように静かになって、咳一つせずに息を呑んでいる。あまり不思議なので、それとなく沼倉の様子を窺うと、彼は折々、懐《ふところ》から小さな閻魔《えんま》帳を出して、ずっと室内を見廻しながら、ちょいとでも姿勢を崩している生徒があれば、たちまち見付け出して罰点《ばってん》を加えている。「なるほど」と思って、貝島は我知らずにほほ笑まずにいられなかった。だんだん日数を経るに従って、規律はいよいよ厳重に守られているらしく、満場の生徒の顔には、ただもう失策のないことを戦々兢々《せんせんきょうきょう》と祈っている風が、ありありと読まれたのであった。

「いや、皆さんはどうしてこの頃こんなにお行儀がよくなったのでしょう。あんまり皆さんが大人しいので、先生はすっかり感心してしまいました。感心どころか胆《きも》を潰《つぶ》してしまいました」

ある日貝島は、殊更《ことさら》に眼を円くして驚いて見せた。「今に先生から褒められるだろう」と、内々待ち構えていた子供等は、貝島のおっ、たまげ、たような言葉を聞かされると、一度に嬉し紛れの声を挙げて笑った。

「皆さんがそんなにお行儀がいいと、先生も実に鼻が高い。尋常五年級の生徒は学校中で一番大人しいといって、この頃は外の先生たちまでみんな感心しておいでになる。どうしてあんなに静粛なんだろう、あの級の生徒は、学校中のお手本だと云って、校長先生まで頻りに褒めておいでになる。だから皆さんもそのつもりで、一時のことでなく、これがいつまでも続くように、そうしてせっかくの名誉を落とさないようにしなければいけません。先生をビックリさせておいて、三日坊主にならないように頼みますよ」

子供たちは、再び嬉しさのあまりどっと笑った。しかし沼倉は貝島と眼を見合わせてニヤリとしただけであった。

七人目の子を生んでから、急に体が弱くなって時々枕に就いていた貝島の妻が、いよいよ肺結核《はいけっかく》という診断を受けたのは、ちょうどその年の夏であった。M市へ引き移ってから生活が楽になったと思ったのは、最初の一、二年の間で、末の赤児《あかご》は始終煩《わずら》ってばかりいるし、細君の乳は出なくなるし、老母は持病の喘息《ぜんそく》が募《つの》って来て年を取るごとに気短《きみじか》になるし、それでなくても暮らし向きが少しずつ苦しくなっていたところへ、妻の肺病で一家は更に悲惨な状況に陥《おちい》って行った。貝島は毎月三十日が近くなると、一週間も前から気を使って塞《ふさ》ぎ込むようになった。貧乏な中にも皆達者《たっしゃ》で機嫌よく暮らしていた東京時代のことを想うと、あの時の方がまだ今よりはいくらかましであったようにも考えられる。今では子供の数も殖えている上に、いろいろの物価が高くなったので、病人の薬代を除いても、月々の支払いは東京時代とちっとも変わらなくなっている。それに、若い頃ならこれから追い追い月給が上がるという望みもあったけれど、今日《こんにち》となっては前途に少しの光明《こうみょう》もあるのではない。

「そういえば東京を出る時に、あなた方がMへお引っ越しになるのは方角が悪い。家の中に病人が絶えないようなことになりますッて、占い者がそう云ったじゃないか。だから私がどこか外にしようッて云ったのに、お前が迷信だとか何とか笑うもんだから、ご覧な、きっとこういうことになるんじゃないか」

貝島が溜め息をついて途方に暮れている傍で、何かというと母親はこんな工合《ぐあい》に愚《ぐ》痴《ち》をこぼした。細君はいつも聞こえない振りをして、黙って眼に一杯涙をためていた。

六月の末のある日であった。学校の方に職員会議があって、日の暮れ方に家へ戻って来た貝島は、二、三日前から熱を起こして伏せっている細君の枕もとで、しくしくとしゃくり上げる子供の声を聞いた。

「あ、また誰かが叱られて泣いているな」

貝島は閾《しきい》を跨《また》ぐと同時に、すぐそう気が付いて神経を痛めた。近頃は家庭の空気が何となくソワソワと落ち着かないで、老母や妻は始終子供に叱言を云っている。子供の方でも日に一銭の小遣いすら貰えないのが、癇癪の種になって、明け暮れ親を困らせてばかりいる。

「これ、おばあさんがああ云っていらっしゃるのに、なぜお前はお答えをしないのです。お前はまさか、いくらお母さんがお銭《あし》を上げないからといって、人の物を盗んで来たのじゃありますまいね」

こう云いながら、ごほん、ごほんと力のない咳をしている細君の声を聞くと、貝島は思わずぎょっとして急いで病室の襖《ふすま》を明けた。そこには総領《そうりょう》の啓太郎が、祖母と母親とに左右から問い詰められて、固くなって控えているのであった。

「啓太郎、お前は何を叱られているのです。お母さんはあのとおり加減が悪くって寝ているのに、余計な心配をさせるのではありませんて、この間もお父様が云って聞かせたじゃないか。お前は兄さんのくせにどうしてそう分からないのだろう」

父親にこう云われても、啓太郎は相変わらず黙って項垂《うなだ》れたまま折々思い出したように、涙の塊《かたまり》をぽたり、ぽたりと畳へ落としていた。

「いいえね、もう半月も前から私は何だか啓太郎の素振りが変だと思っていたんだが、ほんとうにお前、とんでもない人間になったもんじゃないか」

老母も同じように眼の縁《ふち》を湿らせながら、貝島の顔を見ると喉《のど》を詰まらせて云った。だんだん問い質《ただ》して行くと、老母の怒るのにはもっともな理由があった。啓太郎は今月に這入ってから、已《や》むを得ない学校用品を買う以外には、無駄な金銭を一厘《りん》でも所持しているはずがないのに、時々どこからかいろいろの物品や駄菓子などを持って来る風がある。先達《せんだっ》ても五、六本の色鉛筆を携《たずさ》えているから、妙だと思って母親が尋ねると、これは学校の誰さんに貰ったのだと云う。一昨日はまた、夕方表から帰って来て、廊下の隅の方に隠れながら、頻りに何かを頬張っているので、祖母がそうッと傍へ行って覗《のぞ》いて見ると、竹の皮に包んだ餅菓子が懐に一杯詰まっていた。そういえばこの頃啓太郎は、不思議にも以前のように小遣い銭をせびったことがない。疑い出せばその外にもまだ怪しいことがいくらもある。どうもあんまり様子がおかしいから、折を窺って糺明してやろうと考えている矢先に、今日もまた、五十銭もするような立派な扇子《せんす》を持って帰って来た。聞いてみるとやっぱり友達に貰ったのだと云う。それならどこの何という人に、いつ貰ったのだと云っても、黙ってうつむいてばかりで容易に返辞《へんじ》をしない。いよいよ不審なので厳しく問い詰めた結果、ようやく貰ったのではなく買ったのだというところまで白状させた。しかし、そんな買い物をするお金を、どうして持っているのだか、それだけはいくら口を酸っぱくして叱言をいっても実《じつ》を吐かない。ただ「人のお金を盗んだのではありません」と、あくまでも強情に云い張るばかりである。

「盗んだのではない者が、どうしてお金なんぞ持っているのだ。さあそれを云え！　云わないかッたら！」

祖母はこう云って、激昂《げっこう》のあまり病み疲れた身を忘れて、今しも啓太郎を折檻《せっかん》しようとしているのであった。

貝島は、話を聞いているうちに、体中がぞうッとして水を浴びたような心地になった。

「啓太郎や、お前はなぜ正直にほんとうのことを云わない？　盗んだのなら盗んだのだと、真っ直ぐに白状しなさい……お父さんは、お前にも余所《よそ》の子供と同じように好きな物を買ってやりたいのだが、このとおり内には多勢の病人があるのだから、なかなかお前のことまでも面倒を見ている暇がない。そこはお前も辛いだろうけど我慢をしてくれなければ困る。お父さんはお前がよもや、人の物を盗むような悪い子だとは思いたくないのだが、人間には出来心ということもあるから、もともとそんな料簡《りょうけん》ではないにしろ、何かの弾《はず》みでさもしい根性を起こさないとも限らない。もしそうだったら今度一遍だけは堪忍《かんにん》してあげるから、正直なことを云いなさい。そうしてこれから、二度と再びそういう真似はいたしませんと、よくおばあさんにお詫《わ》びをしなさい。よう啓太郎！　なぜ黙っている？」

「……だってお父さん、……だって僕は、……人のお金なんか盗んだんじゃないんだってば、……」

するとと啓太郎は、こう云ってまたしくしくと泣き始めた。

「お前はしかし、この間の色鉛筆だの、お菓子だの、その扇子だのをみんな買ったんだって云うじゃないか。そのお金は一体どこから出たのだ。それを云わなければ分からないじゃないか。そういつまでもお父さんは優しくしてはいられないよ。強情を張ると、しまいには痛い目を見なければならないよ。いいかね啓太郎！」

その時俄に、啓太郎は声を挙げてわあッと泣きだした。何だか頻りに口を動かしてしゃべっているようだけれど、あまり泣きようが激しいためにしばらく貝島には聴き取れなかったが、結局、

「……お金といったってほんとうのお金じゃァないんだよう。にせのお札《さつ》なんだってば、……」

と泣きながらも極《き》まりの悪そうな口調で、幾度も幾度も繰り返しては、云い訳をしているのであった。見ると、少年は懐から皺《しわ》くちゃになった一枚の贋札《にせさつ》を出して、それを翳《かざ》しつつ手の甲で頬っぺたの涙を擦《こす》っていた。

父親は札を受け取って膝《ひざ》の上にひろげて見た。それは西洋紙の小さな切れへ、「百円」という四号活字を印刷した、子供欺《だま》しのおもちゃに過ぎないもので、啓太郎の懐にはまだ四、五枚も隠されていることが明らかになった。五十円だの、壱《いっ》千円だの、中には壱万円だのというのもあって、金額が殖えるほど活字の型や紙幣の版が大きく

出来ている。そうして、紙幣の裏の角《すみ》のところには、いずれも「沼倉」という認め印が捺《お》してあった。

「ここに沼倉という判《はん》が捺してあるじゃないか。このお札は沼倉が拵えているのかい？」

貝島はおおよそ事件の性質を推察して、ほっと胸を撫《な》でおろしたものの、それでも未だに不審が晴れなかった。

「うん、うん」

と啓太郎は頤《あご》で頷《うなず》いてますます激しく泣き続けていた。

とうとうその晩、一晩中かかって、啓太郎を宥《なだ》め賺《すか》して吟味《ぎんみ》した末に、貝島はその札の由来を委しく調べ上げることが出来た。そこには彼が予測したとおりの、沼倉という少年の勢力発展の結果が、驚くべき事件となって伏在《ふくざい》していたのであった。――

啓太郎の談話から想像すると、貝島が我ながら老練な処置だと思って己惚《うぬぼ》れていた餓鬼大将操縦策は、半ば成功したにも拘らず、いつの間にかその弊害も多くなっていたらしかった。一度教師から案外な賞賛と激励の辞を聞かされた沼倉は、大いに感奮《かんぷん》すると同時に一層図に乗って活躍しだした。彼は第一に、同級生の人名簿を作って、毎日生徒たちの言動を観察しては、彼独特の標準の下に一々《いちいち》厳重な操行点《そうこうてん》を付けていった。出席、欠席、遅刻、早帰り、——そういう事柄をも、先生が行うのと同じような権威をもって、一々帳面へ書き留めたことはいうまでもない。のみならず、欠席者には欠席の理由を届けさせた上、別に秘密探偵を放って、果たしてその理由が真実かどうかを調べさせた。道草を喰って授業に遅れたり、仮病を使って休んだりする者はじきに探偵のために証拠を掴まれるから、いい加減な嘘をつく訳にはいかなかった。——そう云われれば貝島は思いあたる節があった。この頃はさっぱり欠席や遅刻をする生徒がない。C町の荒物屋の忰の、橋本という病身な子供までが、真っ青な、元気のない顔をしながら、感心に毎日学校へ通っている。何にしても皆が非常に勉強家になったらしい。結構なことだと喜んでいたのであった。——探偵には七、八人の子供が任命されていた。彼等は常に級中の怠け者の家の周囲を徘徊《はいかい》したり、密かに跡をつけたりして、油断なく取り締まっている。もちろん一方にはきびしい罰則が設けられて、命令を背いた場合には、たといそれが級長であっても、あるいは、沼倉自身であっても、甘んじて制裁を受けなければならなかった。

罰則の種類がだんだん殖えて来るに従って、制裁の方法も複雑になり、探偵の人数も増すようになった。しまいには探偵以外に、いろいろの役人が任命された。先生から指名された級長はそっち除《の》けにされて、代わりに腕力のあるいたずら者が、監督官に任ぜられる。出席簿係、運動場係、遊戯係、というような役も出来る。大統領の沼倉を補佐する役が出来る。裁判官が出来る、その副官が出来る、高官の用を足す従卒《じゅうそつ》が出来る。役人のうちでも一番位の高いのは、副統領の西村であって、これは二人の従卒を使っていた。優等生の中村と鈴木とは、始めのうちは性質が惰弱《だじゃく》なために軽蔑されていたけれど、次第に沼倉から尊敬されて、後には大統領の顧問官になった。

それから沼倉は勲章《くんしょう》を制定した。玩具《おもちゃ》屋から買って来た鉛の勲章へ、顧問官に命じてそれぞれもっともらしい呼称を付けさせて、功労のある部下に与えた。勲章係という役がまた一つ殖えた。するとある日、副統領の西村が、誰かを大蔵大臣にさせて、お札を発行しようじゃないかという建議を出した。この発案は、一も二もなく大統領の嘉納《かのう》するところとなったのである。

洋酒屋の息子の内藤という少年が、早速大蔵大臣に任ぜられた。当分の間の彼の任務は、学校が引けると自分の家の二階に閉じ籠もって、二人の秘書官と一緒に、五十円以上十万円までの紙幣を印刷することであった。出来上がった紙幣は大統領の手許《てもと》に送られて、「沼倉」の判を捺されてから、始めて効力を生ずるのである。総ての生徒は、役の高下《こうげ》に準じて大統領から俸給《ほうきゅう》の配布を受けた。沼倉の月俸が五百万円、副統領が二百万円、大臣が百万円、――従卒が一万円であった。

こうしてめいめいに財産が出来ると、生徒たちは盛んにそのお札を使用して、各自の所有品を売り買いし始めた。沼倉の如きは、財産の富有なのに任せて、自分の欲しいと思う物を、遠慮なく部下から買い取った。そのうちでもいろいろと贅沢な玩具を持っている子供たちは、度々大統領の徴発《ちょうはつ》に会って、いやいやながらそれを手放さなければならなかった。S水力電気会社の社長の息子の中村は、大正琴を二十万円で沼倉に売った。有田のお坊っちゃんは、この間東京へ行った時に父親から買って貰った空気銃を、五十万円で売れと云われて、拠ん所なく譲ってしまった。最初はそれが学校の運動場などでポツリポツリとはやっていたのだが、果ては大袈裟になってきて、毎日授業が済むと、公園の原っぱの上や、郊外の叢《くさむら》の中や、T町の有田の家などへ、多勢寄り集まって市《いち》を開くようになった。やがて沼倉は一つの法律を設けて、両親から小遣い銭を貰った者は、総てその金を物品に換えて市場へ運ばなければいけないという命令を発した。そうして已むを得ない日用品を買う外には、大統領の発行にかかる紙幣以外の金銭を、絶対に使用させないことに極めた。こうなると自然、家庭の豊かな子供たちはいつも売り方に廻ったが、買い取った者は再びその物品を転売するので、次第に沼倉共和国の人民の富は、平均されていった。貧乏な家の子供でも、沼倉共和国の紙幣さえ持っていれば、小遣いには不自由しなかった。始めは面白半分にやりだしたようなものの、そういう結果になってきたので、今ではみんなが大統領の善政（？）を謳歌《おうか》している。

貝島が啓太郎から聞き取ったところを綜合《そうごう》すると、大略《たいりゃく》以上のような事柄が推量された。それで、子供たちが彼等の市場で売り捌《さば》いている物品は非常に広い範囲にわたっているらしく、その晩啓太郎が列挙しただけでも二十幾種に及んでいた。即ち左記のとおりである。——

西洋紙、雑記帳、アルバム、絵ハガキ、フィルム、駄菓子、焼き芋、西洋菓子、牛乳、ラムネ、果物一切《いっさい》、少年雑誌、お伽噺《とぎばなし》、絵の具、色鉛筆、玩具類、草履《ぞうり》、下駄《げた》、扇子、メダル、蝦蟇口《がまぐち》、ナイフ、万年筆、

このように多種類の物品が網羅《もうら》されていて、彼等の欲しいと思うものは、市場へ行けばほとんど用が足りるのであった。

啓太郎は先生の息子だからというので、沼倉から特別の庇護《ひご》を受けているために、お札には常に不自由しなかった。——多分沼倉は、貝島の家庭の様子を知っていて、啓太郎の窮乏《きゅうぼう》を救ってやろうという義侠心もあったらしい。——彼はいつでも懐に百万円くらい、大臣と同じ程度の資産を有していた。祖母に見咎《みとが》められた色鉛筆だの餅菓子だの扇子だのの外にも、これまでにさまざまな物品を買い求めているという。

しかし沼倉は、外の命令はとにかくとしてこの貨幣制度だけは、先生に見付かると叱られはせぬかという心配があった。で、決してこのお札を先生の前で出してはならない、先生に知れないようにお互いに注意しようじゃないかという約束になっていた。もしも云い付ける者があったら厳罰に処する旨の規定さえ出来ていた。啓太郎は一番嫌疑《けんぎ》を蒙《こうむ》り易《やす》い地位にいるので、不断から気を揉《も》んでいたのだが、今夜図らずも盗賊《とうぞく》の汚名を着せられた口惜《くや》しさに、とうとう白状してしまったのである。彼が散々強情を張ったり、声を挙げて泣いたりしたのは、明日沼倉に厳罰を受けるのが恐いのであった。

「何だ意気地なしが！　そんなに泣くことはないじゃないか。沼倉がお前をいじめたら今度はお父さんが沼倉を厳罰に処してやる。ほんとうにお前たちはとんでもないことだ。たといお前が何と云ってもお父様は明日みんなに叱言を云わずにはおきません。お前が云い付け口をしたんだと云わなけりゃいいじゃないか」

父親は叱り付けると、啓太郎はその言葉を耳にも入れずに首を振りながら、

「そう云ったって駄目なんだってば、みんな僕を疑っていて、今夜も探偵が家の様子を聞いているかもしれないんだもの。……」

こう云って、またしてもわあッと泣きだしてしまった。

貝島は、しばらくの間あっけに取られてぼんやりしているばかりであった。明日沼倉を呼び出して早速戒飭《かいちょく》を加えるにしても、全体この事件はどこから手を付けてどういう処置を施せばいいか、そんなことを考える余裕のないほど、彼はひたすら呆《あき》れ返って度肝《どぎも》を抜かれていた。

その年の秋の末になって、ある日多量の喀血《かっけつ》をした貝島の妻は、それなり枕に就いて当分起きられそうにもなかった。老母の喘息も、時候が寒くなるにつれて悪くなる一方であった。山国《やまぐに》に近いせいか、割合に乾燥しているM市の空気は二人の病気に殊更祟《たた》るようであった。六畳と八畳と四畳半との三間しかない家の一室に、二人は長々

と床を並べて代わる代わる咳き入っては痰《たん》を吐いていた。

高等一年へ通っている長女の初子《はつこ》が、もうこの頃では一切台所の仕事をしなければならなかった。暗いうちに起きて竈《かまど》を焚《た》きつけて、病人の枕許《まくらもと》へ膳部《ぜんぶ》を運んだり、兄弟たちの面倒を見てやってから、彼女はひびとあかぎれだらけの手を拭ってやっと学校へ出かけて行く。そうして正午の休みにはまた帰って来て、ひとしきり昼飯の支度をする。午後になれば洗濯もするし、赤ん坊のおしめの世話もしなければならない。それを見かねて、父親は勝手口へ来て水を汲んだり掃除を手伝ってやったりした。

一家の不孝は今が絶頂というのではなく、まだまだこれからいくらでも悪くなりそうであった。貝島は、ひょっとすると自分にも肺病が移っているのではないかと思った。移るくらいなら、自分ばかりか一家残らず肺病になって、みんな一緒に死んでくれればいいとも思った。そういえば近頃、啓太郎が時々寝汗を掻いて妙な咳をするらしいのも気になっていた。

それやこれやの苦労が溜まっているためか、貝島はよく教室で腹を立てては、生徒を叱り飛ばすようになった。ちょいとしたことが気に触って、変に神経がイライラして、体中の血がカッと頭へ逆上して来る。そんな時には、授業中でも何でも構わず表

へ駈け出してしまいたくなる。ついこの間も、生徒の一人が例のお札を使っていたのを見付け出して、

「先生がいつかもあれほど叱言を云ったのに、まだお前たちはこんな物を持っているのか！」

こう云って怒鳴りつけた時、急に動悸《どうき》がドキドキと鳴って、眼が眩《くら》んで倒れそうであった。生徒の方でも沼倉を始め一同が先生を馬鹿にしだして、わざと癇癪を起こさせるような、意地の悪い真似ばかりした。父親のお蔭《かげ》で啓太郎までが、仲間外れにされたものか、近来は遊び友達もなくなって、学校から帰ると終日狭苦しい家の中でごろごろしている。

十一月の末のある日曜日の午後であった。二、三日前から熱が続いてゲッソリと衰弱している細君の床の中で、それでも側《そば》を放れずに抱かれている赤ん坊が、昼頃から頻りに鼻を鳴らしていたが、やがてだんだんムズカリだして火のつくように泣き始めた。

「泣くんではないよ、ね、いい児《こ》だから泣くんではないよ。……ねんねんよう、ねんねんよう、……」

くたびれ切った力のない調子で、折々思い出したように、こう繰り返している細君の言葉も、しまいには聞こえなくなって、ただ凄まじい泣き声ばかりがけたたましく辺りに響いた。

次の間の八畳で机に向かっていた貝島は、その声がする度ごとに障子《しょうじ》や耳元がビリビリと鳴るのを感じた。そうして、腰の周りから背中の方へ物が被さって来るような、ジリジリと足許《あしもと》から追い立てられるような、たまらない気持ちがするのを、じっと我慢して、机の傍を離れようともしなかった。

「泣くなら泣くがいい、こんな時には泣き止むまで放っておくより仕方がない」

父親も母親も祖母も、みんな申し合わせたようにそうあきらめているらしかった。まだ二、三日はあるはずだと思っていた赤児のミルクが、もう一滴もなくなっていたことを知ったのは今朝であった。が、三人の親たちはそれよりももっと悲惨な事実に気が付いていた。明後日の月給日が来るまでは、どこを尋ねても家中に一文《もん》の銭もないのである。それを口へ出すのが恐ろしさに、三人は黙ってお互いの腹の中を察していた。こういう折にはいつもそうするように、姉娘の初子が砂糖水を作ったり、おじやを煮たりしてあてがってみたが、どうした訳か赤児は一切そんな物を受け付けないで、「ウマウマ、ウマウマ」と云いながら、一層性急な声を挙げた。

貝島は、この声に耳を傾けていると、悲しい気持ちを通り越して、苦も楽もないひろびろとしたところへ連れて行かれるような心地がした。泣くならウンと泣いてくれる方がいい。もっと泣けもっと泣けと、胸の奥で独り言を云った。かと思うと次の瞬間には、ジリジリと神経が苛立って、体が宙へ吊るし上がるようになって、自分の存在が肩から上ばかりにしか感ぜられなかった。そのうちに、彼はふいと机の傍を立ち上がって、もどかしそうに室内を往《い》ったり来たりし始めた。

「そうだ、勘定《かんじょう》が溜まっているからといって、そんなに遠慮することはない。……あすこの家の忰は己の受け持ちの生徒なんだ。……今度一緒にと云えば、おついででよろしゅうございますと云うにきまっている。恥ずかしいことも何にもない。己は一体に気が小さいからいけないのだ。……」

こんな考えが浮かんだのをきっかけに、彼はいつまでも頭の中で一つことを繰り返しながら、同じところをぐるぐると歩き廻っていた。

日の暮れ方に、貝島はぶらりと表へ出て、K町の内藤洋酒店の方へ歩いて行く様子であった。洋酒店の前へ来た時、店先にたたずんでいた店員の一人が丁寧に頭を下げて挨拶《あいさつ》をした。貝島はちょいと往来に立ち停まって、ニコリとして礼を返した。……帳場《ちょうば》の後ろの、缶詰や西洋酒の罎《びん》がぎっしりと列《なら》んでいる棚の隅に、ミルクの缶が二つ三つチラリと見えた。しかし貝島は、何気ない体《てい》でそこを通り過ぎてしまった。

家の近所まで戻って来ると、赤児はまだ泣いているらしく、ぎゃあぎゃあという喉の破れたような声が、たそがれの町の上を五、六間《けん》先まで響いて来た。貝島ははっとしてまた引き返して、今度はどこということもなくふらふらと歩き出した。

M市の名物と云われているA山の山颪《やまおろし》が、もうじきに来る冬の知らせのように、ひゅうひゅうと寒い風を街道に吹き送っていた。T河に沿うた公園の土手の蔭のところには、五、六人の子供たちが夕闇の中にうずくまって何をして遊んでいるのか頻りにこそこそと囁《ささや》き合っているらしかった。

「いやだよ、いやだよ、内藤君。君ゃあズルイからいやだよ。もう三本きりッきゃないんだから、一本百円なら売ってやらあ」

「高《たけ》えなあ！」

「高えもんかい、ねえ沼倉さん」

「うん、内藤の方がよっぽどズルイや。売りたくないッて云ってるのに、無理に買おうとしやがって、値切る奴があるもんか。買うなら値切らずに買ってやれよ」

その声が聞こえると、貝島は立ち停まって子供等の方を振り向いた。

「おい、お前たちは何をしているんだね」

子供たちは一斉にばらばらと逃げようとしたが、貝島があまり側に立っているので、逃げる訳にもいかなかった。「もう見付かったら仕方がない。叱られたって構うもんか」――そういう覚悟が、沼倉の顔にはっきりと浮かんだ。

「どうだね、沼倉。一つ先生も仲間へ入れてくれないかね。お前たちの市場ではどんな物を売っているんだい。先生もお札を分けて貰って一緒に遊ぼうじゃないか」

こう云った時の貝島の表情を覗き込むと、口もとではニヤニヤと笑っていながら、眼は気味悪く血走っていた。子供たちはこれまでに、こんな顔つきをした貝島先生を見たことがなかった。

「さあ、一緒に遊ぼうじゃないか。お前たちは何も遠慮するには及ばないよ。先生は今日から、ここにいる沼倉さんの家来になるんだ。みんなと同じように沼倉さんの手下になったんだ。ね、だからもう遠慮しないだっていいさ」

沼倉はぎょっとして二、三歩後ろへタジタジと下がったけれど、すぐに思い返し貝

島の前へ進み出た。そうして、いかにも部下の少年に対するような、傲然《ごうぜん》たる餓鬼大将の威厳を保ちつつ、

「先生、ほんとうですか。それじゃ先生にも財産を分けてあげましょう。——さあ百万円」

こう云って、財布からそれだけの札を出して貝島の手に渡した。

「やあ面白いな。先生も仲間へ這入るんだとさ」

一人がこう云うと、二、三人の子供が手を叩いて愉快がった。

「先生、先生は何がお入り用ですか。欲しい物は何でもお売り申します」

「エエ煙草にマッチにビール、正宗《まさむね》、サイダア、……」

一人が停車場の売り子の真似をしてこう叫んだ。

「先生か、先生はミルクが一缶欲しいんだが、お前たちの市場で売っているかな」

「ミルクですか、ミルクなら僕んところの店にあるから、明日市場へ持って来てあげましょう。先生だから一缶千円に負けておかあ！」

こう云ったのは、洋酒店の忰の内藤であった。

「うん、よしよし、千円なら安いもんだ。それじゃあ明日またここへ遊びに来るから、

きっとミルクを忘れずにな」

しめた、と、貝島は腹の中で云った。子供を欺してミルクを買うなんて、己はなかなかウマイもんだ。己はやっぱり児童を扱うのに老練なところがある。……公園の帰り路《みち》に、K町の内藤洋酒店の前を通りかかった貝島は、いきなりつかつか店へ這入って行ってミルクを買った。

「ええと、代価はたしか千円でしたな。それじゃここへ置きますから」

と、袂《たもと》からさっきの札を出したとたんに、彼は苦しい夢から覚めた如くはっと眼をしばだたいて、見る見る顔を真っ赤にした。

「あッ、大変だ、己は気が違ったんだ。でもまあ早く気が付いてよかったが、とんでもないことを云っちまった。気違いだと思われちゃ厄介だから、何とか一つ胡麻化《ごまか》してやろう」

そう考えたので、彼は大声にからからと笑って、店員の一人にこんなことを云った。

「いや、これを札といったのは冗談ですがね。でもまあ念のために受け取っておいて下さい。いずれ三十日になれば、この書き付けと引き換えに現金で千円支払いますから」

# 謀《たばか》られた猿

安藤裕子

心に大きな穴がある。穴といっても手が通るとかそういう事ではなくて、真っ黒な、実際にはそんなに大きい訳ではないのかもしれない、非常に質量の重いぬめりとした何かだ。それがズブズブと全てを呑《の》み込んで、僕の活力を減退させる。

「まさる、今この国で起きている事、おまえ見ようとした事あるか？　だめなんだよぼんやり生きてちゃ。深く考えるんだ。陰謀論なんて言葉に踊らされるなよ、そもそもどうやって陰謀もなしにこの世の中が回ると思うんだ」

父の足の親指は、爪の端っこがくるりと内に巻いて侵蝕《しんしょく》しながら肉にくい込んでいた。赤く膨れ上がった大きな指先が放っておくと痛む様で、頻繁に爪を切っていた。分厚くなった爪の端っこを刃でほじくり出しながら躍起《やっき》に切る。その侵蝕に逆らう為、パチン、パチン、音は不均等に響く。それをいくつか聞いて、父は誰に言っているのかもよく分からない調子で話を続けた。

「謀《たばか》られてるんだよ、我々は。全ては謀りだ。騙《だま》された方が楽だなんて思う日も来るかもしれない。創り上げられた価値や答えに従う方がそりゃ楽だ。でも待ってくれ、おまえは本当にその事実を目前にしたのか？　なぜ呑み込めるんだよ？　皆が言っているからか？　ああ、違う。私が間違っているのかもしれない。無知は防御だ。安全な隠れ蓑《みの》になる。見ないふりをしている方が安全なんだろう。だけれどまさる、よく覚えておいてくれ。その無知が与える安心安全は一生を保証するものじゃないんだよ。逆らう事なく歯車に陥《おちい》った人間はいつでも最初に切り捨てられる。誰も助けてはくれないんだ。だってそいつには意志がない、ただのパーツなのだから。善意の無知の歯車、替えはいつも、いくらだって作られている。今もだよ。疑うんだ、まさる。それがおまえを守る。どんなに笑われてもだ。分かったな」

パチン、パチン、同時にティッシュの上に転がる爪のカケラ。熱心に爪を切る父の顔が真剣すぎて苦手だった。見開く目は何かを盲信し、異端と成り果てた人のものの様だった。

「パパの爪は僕のとは違うね。何か発掘された古代の骨みたいだよ」

僕が十歳の夏休み。父が消えた。会社のデスクには鞄《かばん》も財布も置き去りで、誰も父の失踪には何十時間と気づかなかった。ちょっとタバコ吸いに行きます、とでもいう様子だったんだろう。一晩帰らぬ父を案じて翌朝母が会社に電話すると、

「鞄置いてありますね」

前日と変わらぬ風景に無関心な同僚が答えた。おかげで失踪を認識するに至るのが後手になってしまった様だった。しかし何でだったのか事件性はないと判断され、母も父を探すのをいつしかやめてしまった。

それからの母はずっとため息ばかりついていた。ダイニングテーブルに肘《ひじ》をついて、テレビを観ている様で、観てない様な。父は何で出て行ったんだろう？　訊《き》きたかったけれど、幼い僕なりに触れてはならない何かを感じて、ただ母の背中にサッカーボールをぶつけたりしてからかっていた。

「ちょっと、やめてよ」

ひととき母が、元の母の顔に戻る。目にきらめきが戻る。そして三秒もすると、目

の奥が白濁してまた口から力なく漏らすのだ。「ハー」と魂が滲《にじ》み出る様な音がして、母はまたどこか別の世界に行ってしまう。僕はその音を聞く度に不安になった。いったいウチはどうなってしまうんだろう。父はもともと口数の多い人ではなかったのに、父が消えたら家の中から音が消えた。エアコンの無機質な風の音だけが響いて、昼も夜も生き物の鳴らす音は消え失せた。時折つけられるテレビは光を放ち、何かガヤガヤと音を出している態《さま》だったけれど、こいつもどうやら僕らの世界にはその心の様ないものを届ける力がなかった。そして母から漏れ聞こえる「ハー」という死神みたいな音だけが許されて、部屋を埋めていく。僕はそんな空気に抗《あらが》う様に道化を真似ておどけてみたけれど、母には一切響かなかった。

「そうね、あんたも父さんさえ居たらねえ」そう呟《つぶや》くのだ。

そんな母がある日を境に変わった。夏休みも終わり、蒸し暑さが徐々に空に抜け始めた頃だったと思う。学校から帰るといつもはパートに出ている時間のはずなのに母が家に居て、汗の滲む肌を拭うでもなく、ニコニコと自分が立つダイニングテーブルの脇へと僕を招いている。何だろう？　少しの違和感はあったけれど、久方ぶりの明るい様子の母に浮き立って駆け寄ったんだ。

同時に母は買い物バッグから何かを取り出した。

「じゃーん。見て、これ。すごく体に良いのよ。そして美味しいの。一日にこの蓋《ふた》一杯分飲むの。紹介してもらった人しか買えないの！　高いのよ〜。大事に飲んでね」

上機嫌でテーブルの上に不透明な黄色いプラスチックのボトルをどんと置いた。簡易に間に合わせたシールが貼られていて、そこには村西健康研究所という文字が印刷されていた。母がボトルの焦げ茶色の蓋を回すと、少しぷちっと弾ける振動が見えた。中には紙の蓋がさらに注ぎ口を密閉している。母が親指と人差し指の爪を立ててそいつを剥《は》がし、覗き込む。ボトルに鼻をぐいと近づけ、黒目をくるくると巡らせて匂いを嗅いでいた。そしてボトルを持ち上げて、僕にも嗅げと言わんばかりに鼻先に近づけてくる。キャベツが腐った様な臭いがして、鼻腔がつんとした。

「ちょっとあなたも飲んでみなさいよ」

久しぶりに見た母らしい好奇心に満ちた笑顔だった。でも僕は嫌だった。疑わしかったんだ。そんな怪しいもの飲みたくないよ、そう言いたかったけれど、いつの間にかまた、母の笑顔がくずれて悪い夢の住人の様に歪《ゆが》み、目だけが大きくなって爛々《らんらん》としている。その様《さま》が怖くて、僕はぐぐっと言葉を呑み込んだ。精一杯首を振って拒むと、太鼓を叩く猿のおもちゃみたいな笑顔を浮かべた母が牙《きば》を剥《む》いて、

「あら、もったいない。変な子ね、いいわ、私だけ飲んじゃうから」

回転数をぐんと落とした低い低い男の様な声で言う。見た事もない母の姿に僕の体は固まった。

そんな僕の様子にはかまう事なく、猿に変化《へんげ》した母はテーブルに転がった焦げ茶色の蓋を左手でひょいと持ち上げると、歯茎を見せたまま右手でボトルを傾け、器用にその蓋に目一杯液体を注いだ。液体がボトルから飛び出して蓋に近づく一瞬、世界はスローモーションになって、その液体が蛍光グリーンだという事をはっきりと教えてくれた。空間がぎこちなく揺れる。蓋に収まると、焦げ茶に負けてもうそれが何者なのかは分からない。猿がうまそうにそいつをクイっとやっつけて、再び僕に目を向けた。

「美味しいわよ」

元の母の笑顔に戻っていたけれど、唇《くちびる》の脇に液体をだらしなく垂らした母はもう偽

物なんだろう。偽物の母に気づいてしまった事を悟られない様に、僕はぎこちない笑顔を一生懸命浮かべた。

「よかったね、宿題やって来るよ」

背負ったままのランドセルの肩ベルトをぎゅうっと握り、二階へと駆け上がった。下から母の声がする。

「すぐご飯よ」

自分の部屋へ駆け込むと、音が立たない様にそっとドアを閉める。僕は全身の力が抜けて、ドアの前にへたり込んだ。喉《のど》がうっと音を立て、涙がポロポロと落ちた。


偽物の母にはムラがあって、母らしくうまく振る舞う日もあれば、だらしなくスカートの裾《すそ》から猿の尻尾《しっぽ》を垂らしている日もある。だらしない時の母は食べ方が汚かった。ある日は目玉焼きにケチャップを両手で押しつぶす様にぶしゃっとかけて、片膝《かたひざ》を立てながら食べている。手でそれを掴《つか》み上げてはぐちゃぐちゃと喰らいついていて、とても汚らしい。口の周りを真っ赤に染めながら「まさるも早く食べなさい」と笑顔を浮かべた。こちらは一気に食欲が失せてしまう。そういう日の母は愚鈍《ぐどん》であさましかった。テーブルに落ちた食べかすなんかも汚れた指先で熱心に拾い上げては口に運ぶ。

「ちょっとやめなよ。お腹壊すよ母さん」

「だって勿体《もったい》ないじゃない」

いひにへらと顔を緩《ゆる》め、本来あるはずの場所よりもうんと下に目を垂れ下げていたりする。今日は猿なのか否《いな》か、僕にはよく判断がつかなかったので友達を家に呼ぶ事もできない。前はよく「まさるの家に集合な！」そうタケちゃんが言って、皆でゲームをしていた。僕は徐々に猿が漏れる母との暮らしには慣れていたんだけれど、やはり恥ずかしくて友達には見せたくなかった。タケちゃんもなぜか「まさるの家に集合な！」いつしかそんな事は言わなくなっていた。

大学に入り彼女ができると、僕はようやっと救われる思いがした。それまでも女性と付き合った事は何度かあったけれど、母が頭の片隅にこびりついて集中できなかったのだ。体を発散させる様な行為があっても、その瞬間しか相手を愛せなかった。というより、肉体の高揚をどうにか保つのに必死だったのだ。最後まで保てたら、今日も勤めを果たせたなと安心する。辛《かろ》うじての行為を期待されると、徐々に僕は億劫《おっくう》になって相手を避けてしまう。冷たい人だと言われて大体短な春を終えた。

だけれどナミとは違った。何もかもが違った。


「松坂君」

その日僕は完全に猿になってしまった母を肩に担いで、慌ててスーパーから家に帰るところだった。外出中に猿になってしまうなんて。よりによって知人と会うとはついてないにも程がある。

「ああ、えっと」

「ナミだよ、村西ナミ。この間、田中君達と一緒に呑んだじゃん」

屈託のない笑顔で、僕の肩を這《は》いずり回る猿に顔を近づける。

「手、出してもいい？」

「あ、たぶん」

僕の答えよりも早く猿に手の甲を近づけて嗅がせている。猿も怯《おび》える事なく落ち着いていた。

「お母さんかな?」

猿の顎《あご》の下を指で撫《な》でながら呟いた。

「え? 分かるの?」

驚く僕の顔をまじまじと見て、

「だってそうでしょ」

再び笑った。


ナミの部屋で彼女と語らい、食事をし、ゆっくりとまぐわう。僕は安心した。今までどうやらうまく寝られていなかった様で、彼女と居るとよく意識が飛んだ。頭がグラついて眠ってしまう事がしばしばであった。

ナミはよく僕を相方と言った。だって私達なんだか似てるじゃない、と。

「まさる君はお父さんが居ないでしょう、私は母さんが居ない。多分そのせいで子供の頃に埋めなきゃいけなかった大きな穴みたいなものがある気がするの。今こうやって一緒に居る事で、その大きな穴を埋めている気がするのよ。私、変な事言ってるかな?」

「いいや、僕も全く同じ事を考えてた」

「ふふ、穴が埋まっても一緒に居られるかな」

「居るでしょう。そりゃ。ずっと一緒でしょ」

僕はナミを抱きしめた。たくさん抱きしめた。

「ねえ、好き？」

僕の下で眉《まゆ》をひそめて彼女が訊く。

「そりゃ好きだよ。分かるじゃない」

僕は言った。彼女と体を重ねると、今までのそれとは全然違う感じがした。何かとても良いのだ。終えられるとか、終えられないというものではない。体の隅々がナミを感じ取ろうと目を見開いている様な感覚があって、ナミも僕と呼吸を合わせて高まろうとしているのがよく分かった。

「好き、大好き」

ナミが苦しげに繰り返す。

「好きだよ」

僕が耐えかねて終わろうとすると、

「まだ」

ナミが引き留めた。僕らは全てが繋がっていた。

今日も母は猿だ。以前より猿で居る時間が長くなっているように思う。前よりもずっと、猿らしく振る舞う容量が増えていたと言えばいいんだろうか？　今朝もやはり顎を弛《たる》ませ、背中を丸めてしゃがんでいる。時折自分の腹の毛を弄《いじく》ってノミを摘んで食べていた。

「朝ご飯食べたの？」

僕が訊くとのっそりと立ち上がりキッチンに消えた。しばらくジャーという音が響いていたので、ご飯でも作っているのだろう。

僕はテレビをつけてソファーに座り込んだ。昔よりもだいぶんテレビの音が鳴る様になっていて、僕に世間のニュースを届けてくれる。

どうやらジャングルの奥地で見つかったウイルスが世界で流行の兆《きざ》しを見せ始めており、日本にも上陸したと言っている。その後、西洋のどこかの国の景色が映し出され、酸素マスクをつけた多くの患者がストレッチャーで運ばれていく。宇宙服の様な格好をした医療従事者がたくさん走り回っていた。

　僕はでも、どこか遠くの国のニュースを観ているという感覚から踏み入る事ができなかった。ふと、母が僕の前に来て、

「怖いわね、これ飲みなさい」

　苦い顔でテレビを見遣《みや》りながら、僕に村西健康研究所のボトルを差し出す。顔は母だったけれどまだ手や尻尾が猿のままで、それが僕をいらつかせた。

「いい加減にしてよ、いらないっていつも言ってるじゃない」

「あんたは、世間を知らなすぎる」

　刹那《せつな》母が猿の顔に変化し、僕に牙を剥いて声を荒げた。僕らがそのまま言い募《つの》っていると、テレビが村西健康研究所のボトルを映し出し、今や製薬会社としても有名な村西製薬がいち早くそのウイルスのワクチンを作り上げたと報じていた。

「ほら見なさいよ、あんたは口ばっかり達者で何にも分かっていない」

　再び目を大きくひん剥く。

「何言ってんだよ、母さんそれ飲み始めてからずっと猿と人間の行き来じゃないか。いい加減気づけよ。恥ずかしくないの？」

つられて声を荒げる。
そんな感情的な自分に堪《た》え兼ねて、僕は家を飛び出した。

しばらくあてもなく歩き続けた。よく晴れた昼前の商店街には人がたくさん出歩いている。近頃は猿になりかけている人もだいぶん増えていたけれど、皆そんな事にはあまり関心がない様だった。車椅子に古ぼけた猿を乗せて楽しげに井戸端会議をしているおばさん、上下だらしのないシミだらけのスウェットを着た大学生くらいの男は毛をボサボサに逆立てて、赤茶けた肌をボリボリと掻《か》きむしっている。
しかし誰も何の違和感も覚えていない様だった。それどころか、どこか疲れた顔をして歩いている人に、立ちんぼの女性が笑顔で声を掛けて村西健康研究所のチラシを配っている。親身な顔をして「すごく楽になるよ〜。私ももう半年飲んでます！今ならすぐ買えるの」と力のある声で言っている。言われた方も言われた方で、「ああ、聞いた事あります。流行ってるんですよね」少しの好奇心を目に宿らせて熱心に話を聞いている。猿と人とが同居するのは、もはや自然な事だったのかもしれない。そんな気もしてくるのである。

でもふと、父が出て行く前、僕によく言っていた言葉を思い出した。疑え、謀られるな。そんな言葉を。そうだよ、何かこんなのおかしいじゃないか。猿だよ？　猿に成り下がった人々は皆一様に感情をなくして空を見ていた。促《うなが》されるまま首輪をはめられ歩むものもいた。そのリードを引く男は楽しげに誰かと電話をしていた。おかしいだろ。元は皆人間だろ？　何で流されていくんだよ。都合が良すぎるじゃないか、こんなの。誰の謀りなんだよ、一体どんなメリットがあるっていうんだ。

駅に近づき、音のする方に顔を向ける。壁に設置された大きなビジョンが村西健康研究所という名前を軽快なメロディに乗せて流している。それと共に人気俳優がクイっとあの蛍光グリーンの液体を飲み干す映像を映し出していた。ぼんやり見上げていると、横で幼稚園にもまだ入らない様な小さな女の子がお母さんと手を繋いで、嬉しそうにその名をCMと一緒に口ずさんでいる。辿々《たどたど》しく可愛らしい歌声が、膨《ふく》よかなその口から漏れていた。母親は我が子を愛おしそうに眺め、にこりと微笑む。その口元は猿のもので、汚れた歯を歯茎まで晒《さら》していた。誰ももう、何も疑っていないんだ。

僕は何だか不安になってナミに電話を掛けた。

「ねえ、今から行っていいかな？　バイト？」

「寝てたぁ。いいよ。おいで」

僕はほっとして駅に駆け入り、電車に乗り込む。オカルト週刊誌の中吊り広告に、「村西製薬の陰謀」という文字が小さくあるのが目に入った。十年前、母があの液体を飲む様になった頃はまだ紹介制のマニアックな健康食品だった。周りの人達だって、声こそ掛けてはこないが、猿になりかけた母をもっと奇異の目で見ていたはずだ。腫《は》れ物に触れる様に皆僕達から離れていったじゃないか。どうしてなんだ。いつの間にこんな浸透したのだろう。猿を疑問視する声はもうどこにもなかった。その新常識はとても静かに、音もなく広まっていったんだ。

僕はざわつく心を落ち着かせる為、スマホに収められたナミの写真を何枚も何枚もスクロールしては眺めた。そこに映る僕とナミは平和だった。僕は早くナミに会いたくて、電車の先頭車両まで逃げる様に早足で歩く。時折愚鈍な猿が肩に当たってギロリと目を流してくる。先頭車両の端に辿り着く頃、プッシューと扉が開いて、僕はギリギリ逃げ果《おお》せたのだった。

ナミの部屋の前に着くと、またざわざわと心が彷徨《うろつ》く。ナミが猿になってしまっていたらどうしたらいいんだ。ドアノブに手を掛けると、鍵はすでに開いている。逸《はや》る思いでドアを抜け、僕は部屋に駆け込んだ。ナミが目を丸くして僕を見上げている。いつも通りのナミがちゃんとベッドにもたれ掛かって笑っている。

「いらっしゃい」

心底嬉しくなって彼女に駆け寄り抱きついた。

「どうしたの？」

ナミは驚きながらも幼子を抱く様に僕の頭を撫でてくれる。

「怖かったんだよ」

ハッとした。誰かに弱音を吐くなんて、随分と長い事なかったと思う。少し手を緩めてナミの顔を見つめる。彼女も少しはにかんで悪戯《いたずら》な瞳で僕を見る。

「どうしたの？」

もう一度優しく呟いて、僕にキスをした。僕の体は雪崩《なだれ》を起こした様に力を失い、そのままナミを押し倒す。ナミの口に吸い付いて、ざわめきが遠のくのを待った。

ようやくの安心を手に入れて、母がずっと飲んでいる村西健康研究所のドリンクの話や、近頃めっぽう猿が増えたと思うんだなんて話をナミに吐き出していると、彼女が「やだそんな事」と言って笑う。

「私は飲まないよ、あのドリンク。父が絶対だめって」

「ほんと？　よかったあ。だよなあ」

力をなくして精一杯笑っていると、

「だって、父が作ってるんだもの」

その目は前のテレビを見据《みす》えたままだった。

「え？」

「私は広める側の人間、いわば管理者だから、猿になんか成り下がっちゃダメなの。でも皆を見てるとさ、別に猿でもいいんじゃない？て思う時もあるんだよね。だって辛《つら》いでしょ、生きるって。だから飲むのよ。猿の間は何にも考えなくていい。心がさ、平和だと思うの。辛い辛い憂《う》き世を忘れてさ。そういう時間も大事だよ」

「何言ってんだよ……」

心臓の動きが速まって、眩暈《めまい》を覚えていた。

「大丈夫？　顔色悪い」

ナミが心配そうに僕の顔を覗き込むと立ち上がって、キッチンに向かう。小さな冷蔵庫を開き、安物のグラスにコトトトと音を立てて麦茶を注いだ。そして再び僕の横に座ると、「はい」と言ってグラスを差し出してきた。

「ありがとう」

呑み込めない思いを抱えたままグラスに口を近づける。すると、透明なグラスの縁《ふち》が黄緑に光っている。

僕は言葉を失いナミの顔をまじまじと見た。

「飲まないの？」

ナミがまだ心配そうに僕を見ている。

「まさる君さ、いつもそれ飲んでるよ。よく寝られるって喜んでるじゃない」

優しく微笑んでいる。

「ちょっとトイレ」

そう言って立ち上がると、ふらつく頭をどうにか正気に保って洗面所へ向かう。扉に手を掛け、ガチャリと開いた先に目をやった。僕が居る。目の前にある白茶《しらちゃ》けた鏡に僕が写っている。

その目は丸く見開かれ、歯を剥き出しにして笑っていた。僕はもう、謀られた猿だったんだ。ああ、何なんだよ。吐き気と共に心の奥で黒いどろりとした何かが疼《うず》き、僕の全てを覆っていく。するとどうだろう。先程までの焦燥《しょうそう》も、恐怖も、黒い穴に落っこちて、一転僕の心を平穏へと導いた。

ああ、そうか。これはこれで、もういいのかもしれない。今一度顔を上げ鏡を見遣る。開かれた目は何かを盲信し、異端と成り果てた父のそれによく似ていた。父さん、そうか、そうだったんだね。きっとこれはこれで、いいんだよね？

# 著者紹介

◎太宰治（だざい・おさむ）

一九〇九年—一九四八年。小説家。青森県生まれ。本名は津島修治。一九三五年「逆行」が第一回芥川賞の次席となる。翌年、初の作品集『晩年』を刊行。作品に「富嶽百景」「走れメロス」「津軽」「お伽草紙」「斜陽」「人間失格」など。一九四八年六月に愛人とともに入水自殺した。遺体が発見された六月十九日は太宰の誕生日であり、同年に書かれた「桜桃」にちなみ桜桃忌と呼ばれている。

◎岡本かの子（おかもと・かのこ）

一八八九年—一九三九年。小説家、歌人、仏教研究家。東京府（現・東京都）生まれ。本名は岡本カノ。文芸誌『明星』『スバル』に短歌を発表。一九一〇年漫画家の岡本一平と結婚し、翌年のちに芸術家となる岡本太郎を出産。一九二九年一家でヨーロッパに渡り、三年後に帰国。一九三六年芥川龍之介をモデルにした小説「鶴は病みき」

を発表。その後も「母子叙情」「老妓抄」など次々と作品を発表した。

◎坂口安吾（さかぐち・あんご）
一九〇六年―一九五五年。小説家、評論家、随筆家。新潟県生まれ。本名は坂口炳《へい》五《ご》。一九三〇年友人らと同人雑誌『言葉』を創刊（二号で廃刊後、『青い馬』と改題し岩波書店から新創刊）。翌年『青い馬』に発表した「風博士」を小説家の牧野信一に絶賛され、新進作家として注目される。一九四六年に発表した「堕落論」「白痴」が評判となり、無頼派の作家として一世を風靡した。

◎グリム兄弟（ぐりむ・きょうだい）
ヤーコプ・グリム（一七八五年―一八六三年）ヴィルヘルム・グリム（一七八六年―一八五九年）。ドイツの文献学者、言語学者、民話収集家の兄弟。『グリム童話』（正式タイトルは『子どもと家庭のメルヒェン集』）の編集者として知られる。大学在学中にメルヒェン（ドイツで発生した散文による空想的な物語）や伝説に興味を持ち、聞き書きを始める。一八一二年『子どもと家庭のメルヒェン集』第一巻を刊行。現在までに一七〇以上の言語に翻訳され、世界で最も多く翻訳された文学とされている。

◎寺田寅彦（てらだ・とらひこ）

一八七八年―一九三五年。物理学者、随筆家、俳人。東京府（現・東京都）生まれ。幼少期は父の郷里である高知で育ち、熊本の第五高等学校で田丸卓郎に物理、夏目漱石に英語と俳句を学ぶ。東京帝国大学理科大学物理学科を卒業、一九〇九年東大助教授となり、この年より二年間ドイツへ留学。一九一六年東大教授に就任。地球物理学、地震学、気象学、海洋学などの研究で独創的な業績を残す。第五高等学校在学中から夏目漱石に師事し、科学的視点と芸術感覚が融合した随筆を多数執筆した。

◎芥川龍之介（あくたがわ・りゅうのすけ）

一八九二年―一九二七年。小説家。東京府（現・東京都）生まれ。東京帝国大学英文科在学中から小説を発表し、短編「鼻」が夏目漱石の絶賛を受ける。一九一七年第一短編集『羅生門』を上梓。作品の大半が短編小説で『今昔物語集』『宇治拾遺物語』などの古典を題材にしたものも多い。「蜘蛛の糸」「杜子春」「犬と笛」他、児童向けの作品も数多く執筆している。

◎林芙美子（はやし・ふみこ）

一九〇三年—一九五一年。小説家。福岡県生まれ(本人談では山口県)。本名は林フミコ。貧しく不遇な少女時代を過ごす。尾道高等女学校卒業後に上京、職を転々としながら詩や童話を創作。一九二八年文芸雑誌『女人芸術』に「放浪記」の副題を付けた自伝的小説「秋が来たんだ」の連載を開始。一九三〇年に『放浪記』が刊行されると一躍流行作家となる。「清貧の書」で作家としての地位を確立し「風琴と魚の町」「牡蠣」で市井ものの新しい領域を開いた。戦後も「晩菊」「浮雲」など多くの作品を著した。

◎吉野弘（よしの・ひろし）

一九二六年—二〇一四年。詩人。山形県生まれ。一九五三年に川崎洋や茨木のり子の詩誌『櫂』に同人として参加。一九五七年に発表した詩集『消息』で注目を集める。一九七二年詩集『感傷旅行』で第二三回読売文学賞の詩歌俳句賞を受賞。平易な言葉で人間の温かみを描いた叙情詩は多方面に影響を与えている。シンガーソングライター・浜田省吾は詩「雪の日に」に触発され、楽曲「悲しみは雪のように」を制作。脚本家・山田太一はドラマ『ふぞろいの林檎たち』で詩「争う」を、映画監督・是枝裕和は映画『空気人形』で詩「生命は」を引用している。

◎木山捷平（きやま・しょうへい）

一九〇四年―一九六八年。小説家、詩人。岡山県生まれ。父の反対を受けながら文学を志し、詩人として出発する。後に作家に転じ、一九三三年同人誌『海豹』を太宰治らと創刊。戦中戦後を通じ、庶民性に徹したユーモアに満ちた作品を多数執筆。満州で敗戦を迎える。帰国後、その体験をもとに「大陸の細道」を発表。一九六三年に本作で第十三回芸術選奨文部大臣賞を受賞。

◎山本周五郎（やまもと・しゅうごろう）

一九〇三年―一九六七年。小説家。山梨県生まれ。本名は清水三十六《さとむ》。小学校卒業後、東京木挽町の質屋・山本周五郎商店に奉公し、店主から深い影響を受ける。関東大震災で山本周五郎商店は被災し一旦解散となる。五ヶ月の神戸生活の後、再び上京する。

一九二六年「須磨寺附近」が『文藝春秋』に掲載され文壇出世作となる。「日本婦道記」が一九四三年上期の直木賞に推されたが受賞を固辞。以後、賞と名のつくものは全て辞退した。時代小説、特に市井に生きる庶民を描いた作品で人気を博し、死の直前まで途切れることなく作品を発表し続けた。

◎夢野久作（ゆめの・きゅうさく）

一八八九年—一九三六年。小説家。福岡県生まれ。本名は杉山泰道《たいどう》。夢野久作は福岡の方言で夢想家の意。慶應義塾大学中退後、禅僧、農園主、新聞記者を経て、一九二六年「あやかしの鼓」を発表。怪奇色と幻想性の色濃い作風で、一九二八年に発表した「押絵の奇蹟」が江戸川乱歩から激賞を受ける。一九三五年構想・執筆に十年以上を費やした大作『ドグラ・マグラ』を刊行。本作は日本探偵小説三大奇書に数えられ、一九八八年に落語家・桂枝雀《かつらしじゃく》の主演で映画化された。

◎横光利一（よこみつ・りいち）

一八九八年—一九四七年。小説家、俳人、評論家。福島県生まれ。本名は横光利一《としかず》。

小説家、劇作家の菊池寛に師事。一九二三年菊池が創刊した『文藝春秋』に「蝿」を、『新小説』に「日輪」を発表し人気作家となる。翌年川端康成らとともに『文藝時代』を創刊、新感覚派と呼ばれ注目された。作品に「上海」「機械」「紋章」「旅愁」など。

◎梶井基次郎（かじい・もとじろう）

一九〇一年—一九三二年。小説家。大阪府生まれ。一九一九年電気エンジニアを目指して第三高等学校理科甲類に入学。在学中に肺結核にかかり、五年をかけて卒業。闘病中、次第に文学への関心を高め、一九二四年東京帝国大学英文科に入学。しかし病が次第に悪化し、初の創作集『檸檬』刊行をした翌年、三一歳で逝去。梶井が残した二十余りの作品は、今なお多くの人たちから賞讃されている。

◎小川未明（おがわ・みめい）

一八八二年—一九六一年。小説家、児童文学作家。新潟県生まれ。本名は小川健作。早稲田大学で坪内逍遥らから指導を受ける。卒業直前に『新小説』に発表した「霰に霙」で高い評価を得る。卒業後、早稲田文学社に編集者として勤務しながら多くの作品を発表。小説を執筆するかたわら童話を意欲的に発表し続け、その後童話に専念する。生涯で千作以上の童話を発表。近代児童文学の興隆に大きく寄与し「日本のアンデルセン」「日本児童文学の父」と称されている。

◎有島武郎（ありしま・たけお）

一八七八年―一九二三年。小説家。東京府（現・東京都）生まれ。横浜税関長の父の教育方針でミッションスクールに通い西洋思想を身につける。学習院中等科卒業後、農学者を志し北海道の札幌農学校に進学。アメリカに留学後、母校の英語教師となる。一九一〇年武者小路実篤、志賀直哉らと同人誌『白樺』の創刊に参加。一九一五年農科大学を辞職し作家生活に入る。「カインの末裔」「或る女」評論「惜みなく愛は奪ふ」など立て続けに作品を発表したが、一九二三年既婚女性と心中し生涯を閉じる。

◎谷崎潤一郎（たにざき・じゅんいちろう）

一八八六年―一九六五年。小説家。東京府（現・東京都）生まれ。東京帝国大学在学中より執筆を始め、一九一〇年に和辻哲郎らと同人誌『新思潮』（第二次）を創刊。

同誌に発表した「刺青」が永井荷風に高く評価される。官能世界を描く耽美派の作家として文壇に衝撃を与えた。関東大震災後、関西に移住にしてからは日本の古典美への傾斜を深め、「卍」「春琴抄」「細雪」現代語訳「源氏物語」など数々の作品を発表。晩年には老人の性を大胆に描いた「鍵」「瘋癲老人日記」が大きな反響を呼んだ。

◎安藤裕子（あんどう・ゆうこ）

一九七七年―。シンガーソングライター。神奈川県生まれ。二〇〇三年、ミニアルバム『サリー』でデビュー。二〇〇五年、月桂冠のテレビCMに『のうぜんかつら（リプライズ）』が使用され話題となる。二〇一八年に発表した『ITALAN』は限定盤にアルバムの主題と連動した書き下ろし短編小説集を付属。二〇二〇年には通算十枚目となるオリジナルアルバム『Barometz』を発表。二〇二一年、テレビアニメ『進撃の巨人 The Final Season』のエンディングテーマに起用された『衝撃』を発表し、国内外で大きな反響を呼んだ。同年『ReadyReady』でテレビ東京系ドラマ『うきわ ―友達以上、不倫未満―』のオープニング曲を担当。さらに、映画『そして、バトンは渡された』に出演、俳優としても活躍している。

## 編者紹介

◎庄野雄治（しょうの・ゆうじ）

一九六九年―。コーヒーロースター。徳島県生まれ。大学卒業後、旅行会社に勤務。二〇〇四年に焙煎機を購入し、コーヒーの焙煎を始める。二〇〇六年徳島市内に「アアルトコーヒー」を、二〇一四年同じく徳島市内に「14ｇ」を開店。主な著書に『誰もいない場所を探している』『たぶん彼女は豆を挽く』『徳島のほんと』（福岡晃子との共著）『コーヒーの絵本』（平澤まりことの共著）、編書『コーヒーと小説』『コーヒーと随筆』（いずれも小社）、短編小説集『たとえ、ずっと、平行だとしても』（Deterio Liber）がある。

# 底本一覧

桜桃　『世界』　岩波書店　一九四八年
越年　『老妓抄』　中央公論社　一九三九年
西東　『若草』　宝文館　一九三五年
死神の名づけ親　『世界童話大系 グリム童話集』　世界童話大系刊行会　一九二四年
団栗　『ホトトギス』　ホトトギス社　一九〇五年
蜜柑　『新潮』　新潮社　一九一九年
水仙　『小説新潮』　新潮社　一九四九年
夕焼け　『吉野弘詩集　幻・方法』　飯塚書店　一九五九年

耳かき抄　『オール讀物』　文藝春秋新社　一九五五年
プールのある家　『季節のない街』　文藝春秋新社　一九六二年
一ぷく三杯　『探偵趣味』　探偵趣味の会　一九二七年
笑われた子　『幸福の散布』　新潮社　一九二四年
赤い蝋燭と人魚　『東京朝日新聞』　朝日新聞社　一九二一年
檸檬　『青空』　青空社　一九二五年
メロン　『生活詩集』　六藝社　一九三九年
一房の葡萄　『一房の葡萄』　叢文閣　一九二二年
小さな王国　『小さな王国』　天佑社　一九一九年
謀られた猿　書き下ろし　二〇二一年

## 表記について

本書では、原文を基本にしながら、読みやすくするために次の方針で文字表記に変更を加えた。

◎旧仮名づかいで書かれたものは現代仮名づかいに、旧字で書かれたものは新文に改める。

◎代名詞、副詞、接続詞などの一部を、平仮名に改める。

◎送り仮名の一部を、昭和四八年に内閣告示（昭和五六年一部改定）された「送り仮名の付け方」の基準に基づき改める。

◎読みにくい漢字にふり仮名を付ける。

また、一部に今日では不当・不適切と思われる語句や表記が含まれているが、作品発表当時の時代背景や作品価値を考え、原文のままとした。

モデル・スタイリング・メイク　安藤裕子
ヘア　小田代裕
撮影　大沼ショージ
編集・装釘　藤原康二
協力　立木裕也（株式会社ホリプロ）、カワウソ

コーヒーと短編

二〇二一年一〇月一日　初版第一刷

編者　庄野雄治
発行者　藤原康二
発行所　mille books（ミルブックス）
〒一六六―〇〇一六　東京都杉並区成田西一―二一―三七　＃二〇一
電話・ファックス　〇三―三三一一―三五〇三
http://www.millebooks.net

発売　株式会社サンクチュアリ・パブリッシング（サンクチュアリ出版）
〒一一三―〇〇二三　東京都文京区向丘二―一四―九
電話　〇三―五八三四―二五〇七　ファックス　〇三―五八三四―二五〇八

印刷・製本　シナノ書籍印刷株式会社


Printed in Japan　ISBN978-4-910215-06-8　C0093